DIS-MOI DE FUIR

CHARLOTTE BYRD

BYRD BOOKS, LLC

Dès le moment où je l'ai rencontré, Nicholas Crawford a été une énigme.

C'est un homme au passé inconnu et au futur mystérieux.

Un criminel, un menteur, un génie et l'amour de ma vie.

Je suis devenue une criminelle pour lui.

Je l'ai sauvé et c'est maintenant à son tour de faire quelque chose pour moi.

Lorsque je découvre que tout ce que je pensais savoir de ma famille est un mensonge, j'ai besoin de son aide pour découvrir la vérité.

Qui suis-je ?

D'où je viens ?

Pourquoi y a-t-il tant de mensonges ?

Je suis dans un endroit sombre, je suis seule et seulement lui peut me tirer de cette impasse.

Il est mon seul espoir. Que se passera-t-il si cela ne suffit pas ?

ÉLOGES FAITS A CHARLOTTE BYRD

« Décadent, délicieux et dangereusement addictif ! »
★★★★★

« Addictif et impossible à poser. ★★★★★

« Je ne peux avoir assez de bouleversements, de luxure, de drames et de secrets ! ★★★★★

« Un suspens romantique rempli avec de revirements de situations, de dangers de trahison et tellement plus » ★★★★★

« Décadent, délicieux et addictif ! – Critique Amazon
★★★★★

« L'érotisme si magistralement tissé qu'aucun lecteur ne peut y résister ! Un INCONTOURNABLE ! » — Bobbi Koe, Avis Amazon ★★★★★

« Captivant ! » — Crystal Jones, Critique Amazon ★★★★★

« Sexy, mystérieux, palpitant... » Mrs K, Critique Amazon ★★★★★

« Charlotte Byrd est une auteure remarquable. J'ai lu beaucoup de ses livres, j'ai ri et pleuré. Elle a une écriture équilibrée avec des personnages brillants. Bravo ! » — Critique Amazon ★★★★★

« Chaud, torride et une intrigue géniale. » — Christine Reese ★★★★★

« Oh la la... Charlotte a fait de moi une fan à vie » — JJ, Critique Amazon ★★★★★.

« Waouh. Tout simplement waouh. Charlotte Byrd me laisse sans voix et humble... Il m'a tenue en haleine. Une fois que vous l'ouvrez, vous ne pourrez plus le poser. » — Critique Amazon ★★★★★

"Intrigue, luxure et de superbes personnages... que demander de plus ?!" — Dragonfly Lady.

INSCRIS-TOI À MA NEWSLETTER !

Tu veux être le premier à être informé de mes prochaines ventes, de mes nouvelles sorties et de cadeaux exclusifs ?
Rejoins mon groupe de Facebook !

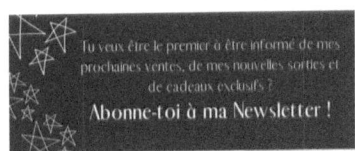

Tu veux être le premier à être informé de mes prochaines ventes, de mes nouvelles sorties et de cadeaux exclusifs ?
Abonne-toi à ma Newsletter !

La maison de York

La couronne de York

Le trône de York

Série Emmêlée Dans La Glace

Emmêlée Dans La Glace

Emmêlée Dans La Douleur

Emmêlée Dans La Dentelle

Emmêlée Dans La Haine

Emmêlée Dans l'Amour

Série Dis-moi d'Arrêter

Dis-moi d'Arrêter

Dis-moi de Partir

Dis-moi de Rester

Dis-moi de Fuit

Dis-moi de Lutter

Dis-moi de Mentir

À PROPOS DE CHARLOTTE BYRD

Charlotte Byrd est une auteure de best-sellers de romans contemporains. Elle vit en Californie du Sud avec son mari, son fils et un berger australien plein d'énergie. Elle adore les livres, le beau temps et les grandes eaux bleues.

Contactez-la ici : charlotte@charlotte-byrd.com

Trouvez ses autres livres ici : www.charlotte-byrd.com

Suivez-la ici : www.facebook.com/charlottebyrdbooks

Instagram : www.instagram.com/charlottebyrdbooks

Twitter : www.twitter.com/ByrdAuthor

Groupe Facebook : Charlotte Byrd's Reader Club

Tu veux être le premier à être informé de mes prochaines ventes, de mes nouvelles sorties et de cadeaux exclusifs ?

Abonne-toi à ma **Newsletter** et rejoins mon **Club de Lecteur** !

1

OLIVE

QUAND ON SE RENCONTRE À NOUVEAU...

- Il est possible d'avoir des relations sexuelles avec plusieurs personnes en même temps, même s'il est impossible d'aimer plus d'une personne à la fois.

C'est ce que dit Sydney lorsque je lui demande de me dire ce qui se passe dans sa vie.

Nous sommes assises dans la salle d'attente une en face de l'autre, les jambes croisées. Je tiens un petit gobelet en carton rempli de café noir qu'elle m'a acheté au distributeur automatique.

Deux gorgées plus tard, je l'avais englouti et ma langue me brûlait.

Elle veut parler d'Owen et de son état de santé.

Elle veut me tenir la main et me soutenir pendant que je pleure.

Par contre, moi, je veux qu'elle me parle de toutes les personnes avec qui elle et James ont couché au cours des deux derniers mois.

J'ai passé presque cinq jours ici à respirer l'air recyclé et à parcourir les sols polis et grinçants.

Je connais presque toutes les infirmières par leur prénom et leurs horaires. Je sais combien d'enfants elles ont et combien d'hommes les ont déçues.

Le temps passe lentement ici, au quatrième étage, et lorsque des moments excitants se produisent, ils ne sont pas très démonstratifs.

Nicholas pense que je ne devrais pas passer autant de temps ici, même s'il a arrêté de le dire.

Ma mère, pour sa part, ne le fait pas. Elle a rendu visite à Owen à deux reprises depuis qu'il est dans le coma et chacune d'elle n'a duré qu'une heure environ.

Quand je lui demande pourquoi elle ne reste pas plus

longtemps, elle me répond qu'elle reviendra si son état évolue, mais qu'elle a sa propre vie à mener.

- *Si* son état évolue.

Elle n'a même pas la courtoisir de dire *quand*.

C'est juste un autre mensonge, bien sûr. Nous savons toutes les deux qu'elle n'a rien d'autre à faire que de rester allongée dans son fauteuil inclinable et de regarder la télévision pendant des heures en fumant.

Étant donné qu'ici il n'y a que des chaises droites peu rembourrées et qu'il y a des panneaux interdisant de fumer partout, Owen devrait probablement se considérer chanceux qu'elle soit venue le voir.

- Es-tu sûre de vouloir que je te parle de ça ? demande Sydney, déplaçant son poids d'un côté à l'autre de la chaise.

Elle a toujours aimé manger et son corps en portait les traces, mais pendant son séjour à Hawaii, elle semblait avoir pris quelques kilos.

- Tes seins ont l'air... plus gros, si c'est possible, je lui fais remarquer.

Ses yeux s'illuminent.

Oui, ils le sont. J'ai pris du poids et, heureusement, tout dans la poitrine.

- Je parie que James aime ça.

Je souris.

- Il aime tout ce qui se passe à ce sujet, dit-elle en passant son index sur ses courbes. Il ne s'en lasse jamais.

Je connais Sydney depuis assez longtemps pour me rappeler quand elle avait eu du mal à s'accepter.

Elle avait fait de nombreux régimes, des jeûnes de cinq jours et passé de nombreuses heures à la salle de sport. Tous ces efforts n'avait produit que des résultats temporaires.

Bien que j'admire la femme qu'elle est devenue, je mentirais si je n'admettais pas que j'étais aussi un peu jalouse.

Bien que je ne sois qu'un peu en surpoids selon la terrible échelle de l'indice de masse corporelle, je déteste tous mes bourrelets et mes courbes.

Je veux avoir l'air parfaite même si je sais que ça n'existe pas. Je veux avoir l'air tonique, en forme et avoir une taille fine. Je veux avoir le genre de corps que je pense que Nicolas mérite (même s'il est plus qu'heureux avec celui que j'ai).

C'est mon petit secret coupable, celui que personne ne connaît sauf moi. Personne, pas même Sydney, qui sait tout.

Je plonge mes doigts dans le paquet de croustilles salées et j'en mets une poignée dans la bouche.

Quand je lèche mes doigts pour lécher toutes les miettes, je lui fais un signe de tête pour qu'elle continue.

- Nous n'avons pas besoin de parler de ça, chuchote-t-elle en regardant autour d'elle.

La salle d'attente est déserte et il y a moins de trente centimètres qui nous sépare.

- J'aimerais en savoir plus car cela me... distrait et j'ai besoin de me changer les idées. Par contre, si tu ne veux pas en parler, ce n'est pas grave.

Ses yeux s'illuminent quand elle se penche plus près de moi.

- Je n'ai jamais rien vécu de tel auparavant, dit-elle en se léchant les lèvres.

- Qu'est-ce que tu veux dire ?

- Eh bien, avec mon ex... il ne faisait rien de tel, il était plutôt classique quand nous étions au lit. Donc, après notre rupture, je suis allée dans certains de ces clubs toute seule, mais faire cela avec un homme que j'aime... c'est juste... il n'y a rien de comparable.

Elle fait tournoyer ses cheveux et lève les yeux au plafond comme une écolière amoureuse.

- Quel genre de choses avez-vous fait ? demandé-je.

Elle prend une profonde inspiration avant de me donner tous les détails.

Ils ont batifolé avec deux couples puis avec deux couples à la fois.

Ils ont batifolé avec une femme célibataire qui voulait seulement être avec elle.

Elle a été avec deux hommes à la fois, dont James.

- Qu'est-ce que tu préfères ? demandé-je.

- C'est une expérience différente à chaque fois. Les

gens sont différents. Il existe différents niveaux d'alchimie physique et émotionnelle. J'aime ce couple que nous avons vu à quelques reprises, mais c'est aussi parce que nous les avons aprris à bien les connaître. Nous sommes allés dîner, en discothèque, ce genre de chose.

- Et faire tout cela, ça n'a pas un impact négatif sur votre relation ? Je veux dire, y a-t-il de la jalousie, du ressentiment ou quelque chose comme ça ?

- Non, répond Sydney en secouant la tête. Je pensais que ce serait peut-être le cas au début, mais comme nous le faisons depuis le début, je pense que c'est ce qui nous a permis d'éviter tout cela.

- Mais vous le faites toujours ensemble ? Vous êtes toujours tous les deux dans la pièce quand ça arrive ? demandé-je.

- Oui., acquiesça-t-elle C'est la seule règle. Nous devons être tous les deux présents.

2

OLIVE

QUAND JE LE VOIS...

Je ne m'attendais pas à ce que Sydney reste plus de quelques heures, mais elle refuse de partir sans moi. Nous nous pelotonnons dans ces chaises rose pâle et discutons pendant des heures comme si nous étions de retour à l'université.

Une infirmière nous apporte des couvertures pour nous tenir chaud et nous donne la télécommande pour changer de chaîne de la télévision. Nous l'éteignons simplement et nous plongeons dans son téléphone pour regarder nos vidéos préférées sur YouTube qui nous font rire.

Je ne mets pas longtemps à me détendre et oublier pourquoi nous sommes toutes les deux ici.

Enfin, vers une heure du matin, après une autre tournée de cafés et de Red Bull, Sydney me demande de l'emmener voir Owen.

- Seulement si tu promets de rentrer à la maison, dis-je.

- Je ne rentrerai à la maison qu'en même temps que toi.

Je souris et lui fais un signe de tête.

— As-tu réellement l'intention de dormir ici ?

- Je ne sais pas, j'admets

J'ai déjà passé quelques nuits sur ces chaises et elles ne m'avaient pas vraiment permis de me reposer.

- Tu as besoin d'une bonne nuit de sommeil, Olive. Tu ne fais de bien à personne à te ronger les sangs comme ça.

Elle a raison, bien sûr. Je dois prendre soin de moi afin de pouvoir être là pour Owen.

- J'ai juste... peur de le quitter, dis-je.

C'est la première fois que j'admets cette peur à haute voix et cela me donne des frissons.

Elle attend que je m'explique.

Je lui raconte la fusillade en lui donnant autant de détails que possible avant de commencer à me sentir malade et à devoir me détourner d'elle.

— Tout ira bien, dit-elle, même si nous savons tous les deux qu'elle ment.

J'aimerais la croire, mais tout indique le contraire.

Des hommes très méchants veulent la mort de mon frère et rien ne pourra les arrêter avant qu'ils atteignent leur but.

— Je ne crois pas qu'il soit en sécurité ici, dis-je finalement. Il est seul dans cette pièce. Il n'y a pas de gardes et tout le monde peut entrer et… terminer le travail.

Ma voix se brise à cette pensée.

Bien sûr, je sais que je ne pourrais rien faire si jamais ils viennent, mais le fait d'être là me donne l'impression que j'empêche que quelque chose se produise.

- Qu'est-ce que Nicholas en pense ? demande Sydney.

Je hausse les épaules et regarde ailleurs.

Ma présence à l'hôpital a été la source de beaucoup de disputes.

Il sait que quelqu'un en a après Owen et c'est pourquoi il veut que je reste aussi loin que possible d'ici.

Il ne semble pas comprendre qu'il s'agit de mon frère et que je l'aime.

Je suis tout ce qu'il a et il est ma seule famille.

– Tu as Nicholas, aussi, remarque Sydney. Il t'aime et c'est la raison pour laquelle il ne veut pas que tu restes ici.

Je hausse les épaules et regarde le sol.

– Quoi ? Qu'est-ce qui ne va pas ? demande-t-elle.

– Je ne sais pas si c'est vrai, j'avoue

– Que veux-tu dire ?

Je ne voulais pas en parler ce soir, mais comme elle est là et que nous n'avons pas discuté depuis ce qui me semble être des milliers d'années, les mots sortent tout seuls.

— Je ne suis pas sûre qu'il m'aime, parce que nous ne nous sommes pas encore dit, dis-je.

Elle secoue la tête.

Elle connaît mon problème avec ce mot.

Elle sait combien il est difficile pour moi de le dire, mais elle s'attendait à ce que Nicholas fasse le premier pas.

Qu'il me dirait ce qu'il ressent pour moi, ce qui m'obligerait à admettre mes propres sentiments.

Mais, à ma grande déception, rien de tout cela ne s'est passé.

— Il doit t'aimer, dit-elle dans un souffle. Il se peut qu'il ait les mêmes soucis que toi.

— Quelles sont les chances pour que ce soit le cas ? Je demande, levant les yeux au ciel. Quelles sont les chances que nous ne soyons que deux personnes ayant des problèmes émotionnels en comparaison qui s'aiment bien, mais qui ne sont pas amoureux ?

— Ne dis pas ça, me répond-elle. Tu l'aimes. Je le sais.

Je frotte mon index contre mes jointures.

Elle a raison.

Je l'aime.

C'est ce qui me fait mal. Je n'arrive pas à prononcer les mots, surtout s'il ne me les dit pas le premier.

Il n'y a pas si longtemps, j'ai cru que je pourrais me forcer à les dire une fois que je l'aurais entendu me les dire.

Mais maintenant... ça fait un moment et il n'a rien dit.

Et plus le temps passe, plus je pense qu'il pourrait être possible qu'il ne m'aime pas du tout.

– Il s'inquiète pour toi, Olive. Il ne veut pas que tu sois là si quelque chose de pire arrive à Owen.

Quand nos yeux se croisent, je me demande comment ne peut-elle pas comprendre ce que je traverse ?

Ne voit-elle pas que c'est exactement la raison pour laquelle je dois rester ?

Owen est mon frère et je dois faire tout ce qui est en mon pouvoir pour le protéger.

Même si je ne peux pas faire grand-chose.

Même si cela semble inutile.

Je dois rester parce que je ne me pardonnerais jamais s'il lui arrivait quelque chose.

– J'aimerais que tu m'en dises plus sur ce que t'a raconté ta mère, insiste Sydney.

Je me mords les lèvres.

Je ne sais même pas par où commencer.

– Elle est venue ici et m'a largué cette bombe, je lui répète ce que je lui ai dit plus tôt.

Bien que j'aie déjà prononcé ces mêmes paroles, ils me semblent aussi étranges que la première fois.

Selon elle, Owen n'est pas mon frère.

Selon elle, elle n'est pas ma mère.

La seule famille que j'ai eue, est maintenant disparue.

Pourtant, quand je pense à eux, ils sont toujours là.

Je n'arrive pas à penser à eux autrement qu'en tant que mon frère et ma mère. Sans eux, je suis perdue comme un astronaute dont le câble n'est pas amarré et qui dérive dans l'espace.

Je me lève pour aller chercher une autre tasse de café au distributeur. C'est à ce moment-là que je le vois.

3

OLIVE

IL ENTRE DANS LA PIÈCE LES ÉPAULES DROITES ET LES YEUX CHERCHANT LES MIENS. Quand il m'aperçoit, il se précipite vers moi, il me prend dans ses bras et une forte odeur de cannelle submerge mes sens.

Ma bouche commence à saliver avant même qu'il sorte un sachet de viennoiseries de son sac.

– Oh, mon Dieu, elles sentent délicieusement bon, dis-je en me léchant les lèvres.

Je m'empresse de regarder à l'intérieur, mais Nicholas me le retire.

– Tu peux en avoir une seulement si tu me promets de rentrer et de te reposer, dit-il sévèrement.

Je penche la tête d'un côté.

Je suis sur le point de protester, mais Sydney me prend le sachet des mains et l'éloigne de moi.

– Qu'est-ce que tu fais ? demandé-je.

Mes pieds font quelques pas vers la porte avant que je réalise ce que je fais.

Je ne désire rien de plus au monde que de me mettre au lit et d'y dormir sans interruption, mais je ne peux laisser Owen seul.

– Non, je ne peux pas, annoncé-je en la repoussant.

– C'est la raison de ma présence ici, dit Nicholas. C'est pourquoi j'ai apporté mon ordinateur portable. J'ai du travail à rattraper et je vais rester ici aussi longtemps qu'il le faudra.

Je continue à protester, mais la conversation est à peu près terminée.

Nicholas a plaidé sa cause et, avec mes yeux qui se ferment tout seuls et mes épaules qui s'affaissent, mon corps est sur le point de s'éteindre.

Sydney et moi prenons un covoiturage et nous arrivons à la maison quinze minutes plus tard.

Avant d'aller dans nos chambres respectives, je lâche la dernière information que ma mère m'avait donnée.

- Il est amoureux de toi ? s'exclame Sydney. Comment peut-elle le savoir ?

— Il lui a dit. Il était saoul et il planait. Ils parlaient de la vie et c'est sorti.

Je ne sais pas comment l'expliquer autrement.

C'est tout ce que je sais.

C'est tout ce que je saurai jusqu'à ce qu'il se réveille.

- Penses-tu qu'elle t'a dit la vérité ? demande Sydney.

Cette question me trotte dans la tête depuis un moment maintenant.

Ma mère a menti sur tellement de choses que je ne sais plus le vrai du faux.

— Peut-être, finis-je par admettre en haussant les épaules. C'est peut-être seulement un jeu malsain. Je ne sais pas.

— Tu devrais faire un test ADN, déclare Sydney.

Nous en restons là et nous disons bonne nuit.

Je suis tellement fatiguée que je m'endors rapidement, mais la nuit n'est pas reposante.

Je me tourne et me retourne, me réveillant toutes les heures.

Chaque fois que j'ouvre les yeux, la même pensée me vient à l'esprit : quand puis-je faire ce test ADN ?

LES PROCHAINES SEMAINES SONT AUSSI FLOUES QUE LA PRÉCÉDENTE.

Je passe mes journées à osciller entre attendre le réveil d'Owen ou que quelqu'un vienne ici pour terminer le travail.

Rien ne se passe, me laissant sur des charbons ardents.

Heureusement, Nicholas, Sydney et James ont la gentillesse de prendre le relais.

James est en ville pour rendre visite à Sydney et insiste

même pour faire des veilles de nuit, bien que je lui dise que ce n'est pas nécessaire.

Je déteste l'admettre, mais c'est agréable d'être de retour à Boston. Je me sens comme si j'avais retrouvé mon ancienne vie sans être obligé d'aller à mon horrible travail.

L'argent me préoccupe toujours, mais le chèque de Nicholas est passé, toute comme le second. Je mets donc mes soupçons de côté.

J'ai assez d'inquiétude comme ça sans en rajouter avec les aspects inconnus de ma vie actuelle.

Alors que les jours deviennent des semaines, nous élaborons un emploi du temps qui semble convenir à tout le monde.

Nicholas a laissé sa chambre d'hôtel et s'est installé temporairement avec moi.

Je dis « s'installer » parce qu'il n'a pas de date à laquelle il a l'intention de partir.

Il allait prendre une autre suite à l'hôtel, mais j'ai insisté pour qu'il reste dans mon T4 comme James. Au bout de quelques jours, nous avons l'impression d'être à la fac.

James avait beaucoup de jours de vacances et il les utilise pour rendre visite à Sydney pendant qu'ils essaient de savoir quel tournant ils veulent donner à leur relation.

Il lui a demandé de l'épouser, elle avait accepté, mais ils ne l'avaient pas encore dit à sa mère.

Elle ne sait même pas que Sydney a un petit ami, alors quand elle viendra en visite demain, elle va avoir beaucoup de surprises qui vont lui exploser au visage.

Au début, Nicholas et James n'étaient pas sûrs de vouloir rester avec nous dans notre appartement, mais Sydney et moi avons insisté et c'était devenu une sorte de soirée pyjama prolongée.

D'habitude, nous dînons ensemble à l'hôpital, où Sydney me retrouve après le travail et l'un des gars prend la veille du soir pour me donner un peu de repos.

Cela fait du bien d'avoir dans ma vie des gens qui se soucie de moi et de ce que je traverse. Ils me soutiennent, sont compréhensifs et vraiment présents.

C'est quelque chose que je n'ai jamais vraiment eu.

Et c'est exactement ce qui me rend si confuse de garder ce secret.

J'ai dit à Nicholas et plus tard à James ce que ma mère m'avait révélé à propos de ma famille. J'ai pleuré plusieurs nuits sur l'épaule de Nicholas en essayant de comprendre ce que cela pourrait vouloir dire que la personne que je pensais être ma mère ne l'est pas et que l'homme que je croyais être mon frère ne l'est pas en réalité.

J'ai été tellement habituée à me définir par mon opposition à cette famille dans laquelle j'ai grandi (en particulier mes parents), maintenant je me sens complètement perdue dans mon identité.

Si je ne suis pas leur fille alors de qui suis-je la fille ?

Quand je parle de cela à Nicholas pour la millième fois, il soulève un point intéressant.

– C'est peut-être ta chance de te remettre en question, dit-il. Tu as eu une famille assez merdique, sans vouloir être méchant.

– Ne t'en fait pas, dis-je en levant les mains.

– Tu devrais peut-être essayer de découvrir qui est ta vraie famille, tu pourrais être surprise.

4

OLIVE

QUAND J'HÉSITE...

NICHOLAS N'A PAS TORT.

Au moins, ma mère biologique n'a jamais essayé de prétendre qu'elle avait été prise en otage pour que je paie ses dettes.

Tout pourrait être mieux que ça, non ?

Mais si elle ne l'est pas ?

Et si elle était mauvaise à sa manière ?

Elle m'a donné en adoption à cette femme, comment pourrait-elle être bonne ?

Nicholas n'a pas de réponse ni même de suggestion,

alors il me prend dans ses bras et me serre fort contre lui.

J'attends qu'il me dise qu'il m'aime, mais il n'en fait rien.

La colère commence à monter en moi, mais je la repousse.

Pourquoi te mets-tu si en colère ? me demandé-je. Ce n'est pas comme si tu lui avais dit non plus.

J'en suis arrivé au point que j'ai envie de lui dire ce que je gardais pour moi jusque-là.

Je veux lui dire la vérité sur Owen.

Il y a un homme qui m'aime de toutes les manières que tu me refuses de le faire.

Je voudrais surtout lui dire après avoir bu quelques verres, mais je me mords la langue.

Je ne suis pas certaine que rien de tout cela n'est vrai.

Ma mère est une menteuse pathologique.

Elle ment sans aucune raison.

Elle ment juste pour remuer les choses et se sentir mieux.

Je ne pourrai pas savoir si rien de tout cela n'est vrai avant qu'il ne se réveille.

Et même si c'est vrai... qu'est-ce que ça veut dire ?

Est-ce que je l'aime de *cette manière* ?

Est-ce que je l'aime même d'une manière romantique ?

Non, ce n'est pas le cas, pas vrai ?

Chaque fois que mon esprit sombre, je me tourne vers Sydney et je lui demande combien de temps je devrai encore attendre. Elle n'a pas plus d'informations que moi et me dit de commencer par faire ce que je dois faire pour commencer.

— Va vérifier la boîte postale, dit-elle avec un haussement d'épaules.

— Je ne peux pas, dis-je en secouant la tête.

— Tu me dis ça tous les jours. Quel est le problème avec le fait d'aller vérifier le courrier ?

— Parce que si les résultats ne sont pas là, je devrai attendre au moins un autre jour. Et s'ils le sont alors... je devrai ouvrir l'enveloppe et découvrir la vérité.

Sydney rit et lève les yeux au ciel.

– Je suis prête à parier que tu as fait la même chose quand tu attendais de savoir si tu étais accepté à l'université.

– Bien sûr, dis-je en penchant la tête agacée. Comment aurais-je pu procéder autrement ?

– Tu pourrais accepter seulement la certitude que c'est déjà arrivé, dit-elle, et ouvrir la lettre pour découvrir les résultats ne changera rien ni dans un sens ni dans l'autre.

Je croise les bras et ouvre la bouche pour dire quelque chose d'intelligent en retour, mais ne viens.

– Ouais... tu sais que j'ai raison !

– Si je pouvais le faire, je serais beaucoup plus sereine que je ne le suis actuellement et toi et moi savons toutes les deux que cela ne se produira pas de si tôt, je marmonne.

Sydney est la seule à savoir ce que ma mère m'a dit à propos d'Owen. Elle est la seule à savoir qu'il pourrait être amoureux de moi. Je ne sais pas comment cela est lié aux résultats du test ADN, mais cela semble augmenter les enjeux d'une manière ou d'une autre.

Je descends où sont alignées les rangées de boîtes aux lettres contre le mur, près de l'entrée.

La postière est toujours là.

J'avais voulu attendre assez longtemps pour qu'elle ait le temps de partir, mais pour le quatrième jour d'affilée, je la surprends en pleine distribution.

- Vous attendez quelque chose d'important ? demande-t-elle avec un sourire désinvolte.

Elle a la cinquantaine et fait partie de ces femmes qui portent leurs cheveux gris fièrement.

Ses oreilles sont ornées d'épaisses boucles et son uniforme du gouvernement est tendu par sa forte poitrine.

– Euh... je commence à dire, en hésitant entre mentir et dire la vérité. Oui.

Il est inutile de dissimuler la vérité lorsque la seule raison pour laquelle je la regarde faire son travail tous les jours est parce que j'attends clairement quelque chose.

Elle sourit pour montrer sa compréhension.

Je retiens mon souffle en attendant qu'elle me demande de m'expliquer, mais elle ne le fait pas.

C'est une professionnelle. Son travail consiste à distribuer le courrier et non à fouiller son contenu.

J'attends qu'elle trie le courrier dans les boîtes de mes voisins, en faisant comme si j'étais un peu intéressé par le pot que les voisins préparent ou par la réunion mensuelle de l'association de copropriété qui aura lieu jeudi.

C'est enfin mon tour.

Elle organise le courrier dans son panier puis me tend le mien, rassemblé en un gros paquet.

– Bonne chance, dit-elle en se tournant vers la porte.

J'attends qu'elle disparaisse à l'extérieur avant de le parcourir avec frénésie.

Soudain, elle est là !

Je m'attendais presque à un gros paquet, mais la

l'enveloppe est de taille normale et semble contenir qu'une seule feuille de papier.

La seule raison pour laquelle je sais que cela vient d'eux, c'est que le logo d'ADN Plus se trouve tout à fait dans le coin supérieur gauche de l'enveloppe.

Pendant une seconde, je songe à monter les escaliers et à l'ouvrir dans ma chambre, mais je sais que dès que je franchirai le seuil, Sydney voudra savoir si elle est arrivée.

Non, vaut mieux l'ouvrir ici.

Je prends une profonde inspiration.

Ça va aller, je me dis. Dans tous les cas, ça va aller.

Qu'elle soit ma mère ou pas.

Qu'il soit mon frère ou pas.

Cela ne changera rien.

J'ouvre l'enveloppe fébrilement, la déchirant presque en deux.

Quand je déplie la lettre, mes mains tremblent.

Je survole le blabla du début de la lettre et cherche les résultats. Ils sont au bas.

Je relis les résultats à plusieurs reprises pour m'assurer que je ne me suis pas trompée. Ensuite, je m'attarde sur les petits caractères.

Ma mère ne mentait pas.

Elle n'est pas ma mère biologique et Owen n'est pas mon frère biologique. C'est une certitude.

Quand ma tête cesse de bourdonner, je m'assieds sur les marches et relis la lettre.

Encore.

Et encore.

Une partie de moi espère que les résultats seront différents.

Une autre partie est enthousiasmée par la perspective de retrouver une autre famille.

Une partie de moi est terrifiée par ce que je pourrais trouver.

– Tu l'as reçue ? demande Sydney en s'approchant de moi par-derrière.

Je suppose que je me suis absentée un peu trop longtemps et qu'elle l'a remarqué.

Je lui tends la lettre sans dire un mot.

– Comment te sens-tu ?

– Je n'en sais rien.

– Qu'est-ce que tu vas faire ?

Je hausse les épaules.

– Vas-tu chercher ta vraie mère ?

– Oui, dis-je hochant la tête.

Je ne sais pas ce que je ressens pour Owen.

Je ne sais pas ce que je ressens pour ma mère qui n'est pas celle qui m'a mise au monde, mais je suis certaines d'une chose, je vais rechercher ma mère biologique.

- Qui penses-tu qu'elle pourrait être ? demande Sydney.

Je voudrais qu'elle soit quelqu'un de gentil, fabuleux et effervescente, tout le contraire de ma vraie mère.

Mais je suis aussi réaliste.

Les gens n'abandonnent pas leurs enfants sans raison.

Elle était peut-être ou est toujours toxicomane ?

Elle était peut-être une adolescente qui ne pouvait pas assumer un bébé.

Elle avait peut-être été maltraitée ou même violée.

Ou alors, elle ne voulait tout simplement pas de moi.

- Et pour Owen ? demande Sydney. Je suppose qu'il le savait depuis le début.

— C'est mon frère, quoi que dise ce bout de papier. Je l'aime comme un frère et je l'aimerai toujours. Et je suis aussi énervée contre lui. Je suis folle de rage. Il n'aurait pas dû garder ça pour lui. Il n'aurait pas dû garder *son* secret.

QUAND ELLE ME REND VISITE…

Je n'ai jamais vu Sydney paniquer comme ça auparavant.

Elle n'a pas vu sa mère depuis près de six mois. Elle perdait toujours un peu la tête chaque fois qu'elle venait en ville, mais jamais à ce point.

Le changement principal est l'énergie frénétique qui s'est emparée de l'appartement.

Sydney est généralement calme, posée et plutôt sereine, mais chaque fois que sa mère se trouve à proximité de ce continent, elle commence à nettoyer et à ranger et bourdonne généralement comme une abeille.

Par contre, cette fois-ci, avec James à la maison, non seulement elle nettoie sa chambre, le salon et la cuisine, mais aussi derrière le four et le fond des placards.

— Crois-tu vraiment qu'elle va aller regarder là ? je lui demande.

— Si elle ne trouve rien ici, alors oui, elle le fera, dit Sydney en hochant la tête.

Quand elle a fait la poussière sur chaque centimètre carré du salon, j'entends par là chaque détail, y compris l'intérieur des abat-jour et des moulures, Sydney passe la serpillère, et fait briller les sols jusqu'à ce que l'on puisse manger dessus.

— Je ne pense pas que nous devrions marcher dessus jusqu'à ce qu'elle arrive, dis-je en plaisantant.

— Tu as lu dans mes pensées, acquiesce-t-elle, complètement sérieuse.

Je soupire bruyamment, mais je ne dis rien.

Je sais qu'elle agit ainsi pour se sentir mieux. Cela lui donne un sentiment de contrôle dans un monde où elle n'en a pas.

Elle ne sait pas comment sa mère va réagir à la présence de James et elle sait qu'elle sera inspectée sous toutes les coutures.

Sydney a travaillé d'arrache-pied pendant deux jours entiers et elle passe les dernières heures à tenter de déterminer ce qu'elle devrait porter.

James semble beaucoup moins préoccupé par la rencontre et cela stresse encore plus Sydney.

Je les entends se disputer à travers la porte fermée.

Quand ils reviennent, James porte toujours la même chose qu'auparavant, une chemise habillée avec un jean et un blazer.

Il a résisté, mais sa confiance en a pris un coup dur.

– Es-tu sûre de ne pas vouloir que je parte ? je demande à nouveau.

Je n'ai pas vraiment envie d'être là, mais je le serai si elle a besoin de moi. À la manière dont elle me regarde, avec ses yeux grands ouverts, je sais que je n'ai pas le choix.

Je dois rester.

La mère de Sydney arrive peu après dix-neuf heures.

Vêtue d'un élégant tailleur noir et de talons hauts de dix centimètres, elle ne ressemble pas du tout à une femme qui vient de passer plus de vingt heures sur un vol international.

Ses cheveux sont tirés en chignon et ses mains sont petites, mais fortes.

Ayant fréquenté les meilleures écoles, dont l'université de Cambridge, elle parle parfaitement l'anglais avec un accent britannique chic et insiste pour que James l'appelle par son prénom, Hilary.

J'ai déjà rencontré Hilary à quelques reprises et elle m'accueille d'une accolade chaleureuse comme si j'étais une vieille amie.

Ses manières sont impeccables, mais il y a pourtant une distance entre nous.

Quand je l'ai rencontrée pour la première fois, j'ai stupidement cru que je serai un peu plus pour elle que la colocataire et l'amie de sa fille.

Elle était gentille et cordiale et je pensais qu'elle souhaitait être mon amie ou devenir une figure maternelle pour moi.

Après quelques visites supplémentaires, je me suis rendu compte que ses manières sont trompeuses. Elle donne à tout le monde l'impression qu'ils sont des amis proches, mais cela ne veut pas dire que

pour une raison quelconque, je m'attends à ce qu'elle soit calme et dure avec James, mais elle est, encore une fois, très agréable et gentille.

Je ne la connais pas assez bien pour lire en elle, mais quand je vais aider Sydney avec le vin, j'ai la sensation que les choses ne vont pas aussi bien que je le pensais.

– Elle a l'air de vraiment bien m'aimer, dit James en passant son bras autour de l'épaule de Sydney quand Hilary s'excuse pour utiliser les toilettes.

Sydney le fixe bouche bée.

– Quoi ? Elle m'aime bien, non ?

Il nous regarde plein d'innocence.

Je ne peux pas m'empêcher de rire.

- Ce n'est pas le cas ? demande-t-il, les sourcils Attends, quoi ? Si. Elle est tellement... gentille.

– Elle est toujours comme ça, dit Sydney.

– Non, elle ne fait pas semblant, elle est vraiment...
gentille, insiste James.

Mais Sydney secoue la tête.

Appuyant sa tête sur son épaule et levant les yeux vers
son beau visage bronzé, elle lui murmure quelque
chose de réconfortant.

Hilary ne reste pas longtemps.

Elle dit qu'elle est fatiguée et qu'elle a besoin de se
reposer, ce qui est compréhensible.

Par contre, elle attend demain Sydney pour le brunch
au Ritz. Sydney se redresse et affiche un sourire forcé.
Après quelques étreintes et des bons souhaits, elle
appelle un taxi et s'en va.

Dès que la porte se ferme, Sydney pousse un grand
soupir de soulagement. James lui masse les épaules
alors qu'elle se penche pour retirer ses chaussures.

– Tu vois, tout s'est bien passé, insiste James. Elle
m'aime bien. Comment pourrait-elle ne pas m'aimer ?

Sydney le regarde d'un air furieux.

– Syd, je suis médecin. J'ai un doctorat. Je travaille
avec des enfants malades. Je suis plutôt beau. Et je

t'aime. Quel genre de mère ne voudrait pas de moi comme gendre ?

– Il n'a pas tort, acquiescé-je.

– Vous ne savez pas de quoi vous parlez, dit-elle en secouant la tête alors qu'elle défaisait la tresse serrée qui retenait ses cheveux. Demain, je saurais toute la vérité sur ce que ma mère pense de toi. Demain, elle me dira tout.

Elle dégrafe son soutien-gorge dans son dos et le tire à travers sa chemise, laissant échapper un soupir de soulagement une fois ses seins libérés.

J'ai envie de faire la même chose, mais avec James ici, je décide que ce n'est pas une bonne idée.

En regardant par la fenêtre, je vois Hilary monter dans la voiture qu'elle a commandée.

C'est mon signal.

Je vais dans ma chambre et enfile mon jogging le plus confortable, un t-shirt ample ainsi qu'un sweat à capuche. Je m'assure, une fois mon soutien-gorge retiré, que mon sweat est bien fermé pour que cela ne soit pas évident que je n'en porte pas.

– D'accord, j'y vais je vais relever Nicholas à l'hôpital, dis-je.

6

OLIVE

QUAND J'AI RENDEZ-VOUS AVEC LUI...

J'ATTENDS QU'IL DISE « JE T'AIME » le premier.

Je devrais pouvoir le dire en premier. Je devrais être plus forte que cela, mais pour une raison quelconque, je ne peux pas.

Des moments comme ceux-ci devraient rapprocher les gens.

Ils devraient les forcer à se concentrer sur ce qui est vraiment important.

Ce n'est pas vrai ? Ce n'est pas ce que toutes les séries télévisées et les livres nous apprennent sur la vie ?

Chaque fois que quelque chose d'important, quelque chose d'aussi grave que ce qui est arrivé à Owen, se produit, c'est à ce moment-là que les choses deviennent plus claires.

C'est à ce moment-là que les gens réalisent que les sentiments qu'ils éprouvent signifient quelque chose.

C'est à ce moment que les gens décident d'emménager ensemble.

C'est à ce moment que les gens décident de se fiancer.

Peut-être même de se marier.

Je ne dis pas que c'est ce que j'attends de Nicholas.

Je n'espère franchement pas une demande en mariage.

Une fois assise dans la salle d'attente en face de lui sur les chaises inconfortables, en le regardant mettre une autre chip dans sa bouche, je réalise soudain que j'attends vraiment *quelque chose*.

Il a été là pour me soutenir, il a pris des tours de garde pour veiller sur Owen, et pourtant, je me sens coincée dans l'incertitude.

Notre relation, si je peux même l'appeler ainsi, est complètement indéfinie.

Je ne sais pas où je suis et je ne sais pas ce que nous sommes.

Qu'est-ce que c'est exactement ?

Il n'y a pas si longtemps, il n'était qu'un étranger mystérieux qui m'a fait une offre incroyable et j'ai été assez folle pour l'accepter et laisser mon travail.

Mais qu'en est-il maintenant ?

Je ne suis plus seulement son employée.

Nous sommes plus que ça.

Nous avons cette alchimie explosive et le besoin irrépressible d'être ensemble physiquement, mais... est-ce suffisant ?

Est-ce que c'est tout ?

Je sais que ce n'est pas le cas pour moi.

Je veux plus.

J'ai l'impression qu'il en veut plus aussi. Sinon, pourquoi passerait-il toutes ses journées ici avec moi ?

Des gens sont à sa recherche, ce serait mieux pour lui de quitter Boston, pourtant il est là.

Il reste à mes côtés.

Cela signifie quelque chose. Non, ça veut tout dire. Et pourtant, il reste encore des questions en suspens qui ont besoin de réponses.

— Alors... y a-t-il de nouveaux jobs à l'horizon ? je demande, faisant tourner ma bague autour de mon index.

— Non, pas vraiment, dit-il en buvant une gorgée de café.

— Est-ce parce qu'il n'y a pas de boulot ou parce que tu me donnes une pause ? insisté-je.

— Il n'y a pas de travail, dit-il sérieusement.

C'est supposé sembler être vrai, mais je n'ai pas l'impression que c'est la vérité.

Quand je le pousse davantage, il reste sur ses positions.

La conversation ne va nulle part. Je ne sais même pas pourquoi j'ai abordé le sujet, puisque je ne suis pas vraiment d'humeur à discuter de ça.

Ce que je veux vraiment savoir, c'est où nous sommes en tant que couple.

Que faisons-nous ?

Je veux mettre un terme sur ce que nous sommes.

Je veux savoir si je suis sa petite amie et lui, mon petit ami.

Nous avons parlé d'être exclusif, mais cela ne semble pas assez aujourd'hui.

Je veux qu'il me dise qu'il est amoureux de moi.

J'aimerais être capable d'ouvrir la bouche et le lui dire.

Mais quand je le fais, ce n'est pas ce qui se produit.

– As-tu de l'argent ? demandé-je.

La franchise de la question nous prend tous les deux par surprise.

Il me lance un long regard attentif. Il plisse les yeux avant de les agrandir de nouveau avant de les détourner et porter sa tasse à ses lèvres.

- De quoi parles-tu ? demande-t-il en marmonnant dans une gorgée.

Je prends une profonde inspiration.

- Est-ce la seule raison pour laquelle tu es avec moi ? demande-t-il après une longue pause.

– Non, bien sûr que non, dis-je un peu trop rapidement.

Quand je me force à le regarder, je sais tout de suite que je ne l'ai pas convaincu.

– On dirait pourtant.

– Non, pas du tout, je lui réponds en posant ma main sur la sienne.

Pourquoi parle-t-on de ça ?

Pourquoi ai-je laissé ça ?

Les mots viennent de m'échapper et maintenant je me retrouve coincée dans une autre conversation que je ne souhaite pas vraiment avoir.

Quand je le regarde et que je me perds dans la tache d'or dans ses yeux, j'attends qu'il me dise qu'il m'aime.

C'est stupide et irrationnel, mais j'attends quand même.

- Olive, que se passe-t-il ? dit Nicholas en écartant sa main de moi.

Il pose sa tasse sur la table et attend.

J'insiste sur le fait qu'il n'y a rien encore et encore, mais cela ne change rien.

Cela ne rend pas le fossé que j'ai créé entre nous plus petit.

– Je veux juste que tu saches que ce n'est pas grave... si ce n'est pas le cas, finis-je par dire.

Ce n'est pas vrai.

Rien à ce sujet ne serait bien et pourtant mes lèvres semblent avoir leur propre volonté.

J'ai démissionné.

J'ai pris un risque en commençant une autre vie, même si c'est une erreur comme toutes celles que j'ai faites auparavant.

Quand il a payé mes dettes, je me suis sentie redevable.

Et l'argent a facilité la prise de mauvaises décisions.

L'argent facile n'existe pas par contre.

Il vient avec ses bagages et ses conséquences.

Combien de fois devrais-je apprendre cette leçon ?

La conversation passe ensuite à Sydney, puis à James, puis à la mère de Sydney.

Je raconte à Nicholas à quel point James était certain que sa mère l'aimerait et à quel point Sydney était sûre que ce ne serait pas le cas.

Je suis de l'avis de Sydney, mais Nicholas pense comme James et dit qu'il n'y a pas beaucoup de mères qui ne seraient pas impressionné par lui en tant que beau-fils potentiel.

Le flux et le reflux d'une conversation sont similaires à ceux d'une marée. Il va et vient par intervalles réguliers et puis il y a ces changements mystérieux qui viennent de quelque part au plus profond et vous prend complètement par surprise.

– S'il te plaît, ne me mens pas, Nicholas, dis-je doucement. Je peux supporter n'importe quoi, mais pas ça.

Je le regarde droit dans les yeux et je lui redemande s'il me dit la vérité. Il fait une pause pendant un moment et me promet qu'il me dit la vérité.

7

NICHOLAS

QUAND LES MENSONGES S'ACCUMULENT...

Je suis en train de mentir

Olive m'a donné tellement d'opportunité d'avouer. Il y avait tellement d'occasions de lui dire la vérité et pourtant je ne peux pas me résoudre à le faire.

La vérité, c'est que parfois c'est la chose la plus facile à dire au monde.

Et d'autres fois, c'est comme admettre sa défaite et s'enterrer sous les décombres de sa vie.

Les mensonges ont tendance à s'empiler les uns sur les autres.

Vous dites un mensonge pour en couvrir un autre, puis un autre, puis un autre.

Je le sais.

Toute personne de plus de dix ans le sait et pourtant nous le faisons quand même.

Pourquoi ?

Sur le moment, la vérité est trop difficile à dire.

Je veux croire que je lui mens pour la protéger. Je veux croire que c'est pour son bien.

Mais la vérité est que j'étais trop lâche pour me découvrir et la dire. Mon égo ne supporterait pas un tel coup.

Je ne sais pas ce que je fais.

Tout cela a commencé comme un moyen de la protéger.

J'avais fait une promesse à ma petite sœur décédée et je souhaitais que ce soit LA promesse que je tiendrais dans ma vie.

Mais ensuite, les choses se sont compliquées.

L'argent était une exagération.

Ce que j'avais, ce qui était à moi, c'était tout pour le spectacle.

En fait, non, ce n'est pas tout à fait vrai. Il y a eu un temps où j'avais tout, mais j'ai tout perdu.

Ce genre de chose arrive quand l'argent ne vous appartient pas vraiment.

Il entre dans votre vie telle une avalanche.

Tout vous arrive dessus et vous submerge par ses possibilités.

Il a par contre tendance à vous quitter tout aussi vite.

Vous faites des projets, vous essayez d'économiser, vous essayez de commencer une nouvelle vie, mais vous ne pouvez pas.

J'ai vu des personnes dans la rue à qui c'est arrivé et maintenant c'est mon tour.

Une fois qu'il est parti, il ne reste plus qu'une série de « *et si* »...

Je ne sais pas comment Olive réagirait si je devais lui dire tout ça.

Elle me détesterait peut-être, elle pourrait me quitter ou penser que c'est la meilleure chose qui puisse arrive, car cela la libèrerait pour le reste de l'année.

Elle ne le sait pas, mais je vois la façon dont elle me regarde. Je la vois me démasquer. Je vois le regret dans ses yeux.

Avant qu'Owen ne soit blessé, je pensais qu'il était possible que nous commencions une vie quelque part.

Une vraie vie.

Nous étions si près d'y arriver. Le travail était terminé. J'avais de l'argent. J'aurais pu lui dire la vérité... sur tout.

Elle serait fâchée, mais elle aurait peut-être trouvé la force dans son cœur de me pardonner.

Mais maintenant ? Maintenant, tout à coup, tout est différent. Les personnes qui ont tiré sur Owen n'ont pas fini le travail et attendent probablement une chance de le terminer.

Elle sait qu'Owen n'est pas son vrai frère et qu'elle a une mère biologique quelque part. Et c'est le genre de ficelles qui ont tendance à déchirer des plans non définis.

Même si elle ne m'a rien dit encore, je sais qu'elle pense certainement à cette autre famille.

Qui sont-ils ? Pourquoi sa vraie mère l'a-t-elle abandonnée ? Où vit-elle ? Et combien de temps lui faudrait-il pour la retrouver ?

— Alors, que penses-tu d'Owen ? finis-je par lui demander.

J'ai cette question sur le bout de la langue depuis qu'elle est arrivée hier soir.

— Que penses-tu du fait qu'il ne soit pas ton vrai frère ?

— Je ne sais pas quoi en penser, dit-elle en regardant dans le vide.

J'essaie d'imaginer ce que je ressentirais si Ashley n'était pas ma véritable sœur.

Je ne ressens aucune différence. La biologie ne semble pas avoir d'importance. Elle est ma sœur parce que je l'ai toujours cru.

Pourtant, quand je regarde Olive, je réalise que ce n'est pas exactement ce qu'elle ressent.

— Il sera toujours mon frère, dit-elle, avec un hochement de tête sévère.

C'est comme si elle essayait de se convaincre de quelque chose qu'elle ne voulait pas croire.

– Oui, je mens.

Un autre mensonge pour dissimuler ce que je pense vraiment. Et qu'est-ce que c'est exactement ? me demandé-je. Quelle est cette hésitation dans son comportement ?

– Apparemment, Owen savait qu'il n'était pas mon vrai frère, dit doucement Olive.

Je la regarde pendant que les pièces du puzzle commencent à se mettre en place.

Bien sûr. Je comprends mieux pourquoi il agissait comme ça.

Je pensais qu'il était seulement un frère inquiet.

Je pensais qu'il s'impliquait un peu trop dans sa vie, mais il venait d'être libéré sur parole chez elle et elle était sa seule amie à l'extérieur.

J'ai voulu croire que c'était toute l'histoire, mais maintenant tout a du sens.

– Il est amoureux de toi, dis-je à mi-voix lorsque je me rends compte que les mots s'échappent de mes lèvres.

– Non... attends quoi ? demande-t-elle en s'asseyant sur sa chaise et en me regardant surprise.

– C'est la raison pour laquelle il a été si… possessif. Ce n'était pas simplement de l'amour fraternel. Il t'aime d'une autre manière, Olive.

– Non, allez, c'est… dégoûtant, dit-elle.

Ses mots sont prudents.

J'ai l'impression de lui dire quelque chose qu'elle sait déjà.

En la regardant de haut en bas, je réalise que ce n'est pas une nouvelle pour elle. Elle essaie maladroitement de le cacher avec un hochement de tête et un air choqué, mais je peux sentir dans mes tripes que j'ai raison.

Je ne savais pas à quel point j'avais raison avant cet instant.

8

NICHOLAS

QUAND JE CHERCHE LA VÉRITÉ...

Je sais que nous mentons, elle à propos d'Owen et moi, de mon compte bancaire. Pourtant, les deux mensonges semblent en quelque sorte inévitables.

Est-ce que nous devenons ?

Deux personnes qui se mentent à propos de qui ils sont vraiment ?

Si oui, alors pourquoi continuer ?

Pourquoi continuer ainsi ?

Ce n'est pas la première fois que cette pensée me traverse l'esprit.

Les choses seraient certainement beaucoup plus faciles si Olive n'était pas dans ma vie.

Je serais un one-man-show, responsable de personne.

Je pourrais travailler pour Hawk et tenir le FBI à distance.

Je n'aurais pas à m'inquiéter pour quiconque. Je n'aurais aucune obligation.

Je sais que je ne pourrai pas me résoudre à le faire de moi-même. Olive n'est pas seulement une attache quelconque. Je pourrais me forcer à couper les ponts, mais qu'est-ce que j'y gagnerais ? Quand je suis avec elle, je me sens vivant et ça faisait longtemps que ça ne m'était pas arrivé.

Le vent se lève et je relève mon col pour m'en protéger.

Je me demande bien pourquoi nous ne pouvons pas avoir cette rencontre dans un café ou un restaurant, mais c'est sa décision.

Il arrive dix minutes plus tard, avec une demi-heure de retard. J'attends qu'il me présente ses excuses, mais il ne me fait pas la politesse de prononcer les mots, *je suis désolé.*

Je n'insiste pas parce que je veux savoir ce qu'il a découvert.

- Vous n'aimez pas la météo ? demande le détective Kip Flunderson avec un grand sourire radieux.

Il a une soixantaine d'années, de larges épaules et une attitude désinvolte.

Un peu trop désinvolte pour moi.

– Je ne suis pas amateur des températures froides, dis-je en haussant les épaules.

Il rit et me fait signe comme si j'étais une mouche.

Je croise mes bras sur ma poitrine et déplace mon poids vers le pied arrière. Je me reproche de ne pas m'être arrêté pour prendre une tasse de café avant de venir ici.

J'avais beaucoup de temps devant moi puisqu'il avait une demi-heure de retard et qu'il n'avait pas daigné m'envoyer un message.

- Ça va ? demande Kip.

– Oui, je mens. Non.

– Oui ou non ?

– J'aurais aimé que vous m'envoyiez un message pour me dire que vous auriez du retard, je lui lâche, énervé.

– Je n'envoie pas de messages, gamin, dit Kip avec le même sourire agaçant.

– Vous auriez pu appeler, fais-je remarquer. N'importe quoi aurait été bien.

Kip ouvre sa veste et en sort un dossier.

- Que diriez-vous de ça ? me demande-t-il.

– Qu'est-ce que c'est ? demandé-je, le prenant.

– Tout sur la mère d'Olive Kernes. Son nom. Où elle vit. Qui elle est. Sa famille.

J'ouvre le fichier et commence à parcourir les documents. La quantité me surprend.

– Waouh, dis-je finalement, un peu à bout de souffle. Comment avez-vous trouvé cela ?

– Ça, c'est mes affaires, et vous me payez pour le travail, dit Kip, les yeux brillants sous la lumière des réverbères.

Soudain, la si longue attente sur le banc surplombant

l'étang me paraît un petit prix à payer en plus des dix mille dollars que je lui verse.

— Vous savez, je ne pensais pas qu'il y aurait autant d'informations sur cette adoption, dis-je.

— D'accord, maintenant, Nicholas, dites la vérité dit Kip. Vous ne pensiez pas qu'un vieil homme comme moi, qui refuse de communiquer par messages, serait capable de trouver beaucoup de choses.

— Oui, avoué-je en faisant un signe de tête pour avouer ma défaite. Vous m'avez bien eu.

Je lui remets l'enveloppe contenant les dix mille dollars en billets de cent dollars.

Il la regarde, jette un œil sur les billets sans toutefois les compter. Il regarde plutôt la taille de la pile et la met dans sa poche.

— Alors, vous êtes sûr que c'est bien elle ? je lui demande en faisant un signe de tête en direction du dossier.

— Absolument.

— Mais... comment pouvez-vous en être aussi sûr ?

— Prenez-le avec vous. Lisez-le. Si vous n'êtes pas

satisfait, contactez-moi et nous en parlerons. Je vous rembourserai intégralement si vous trouvez une erreur dans ce dossier.

— Vraiment ? dis-je un peu surpris. Waouh.

— Je suis parfaitement confiant dans mon travail.

— Oui, je suppose, dis-je en lui tendant la main.

Sa poigne est forte et puissance, mais pas comme s'il voulait m'impressionner.

J'attends de le voir disparaître au bout de la rue avant de me rassoir sur le banc et ouvrir le dossier.

Je peux à peine sentir mes mains lorsque j'atteins la dernière page du dossier, mais j'en suis certain. Je suis sûr qu'il s'agit de sa mère et tout ce qu'il se trouve dans ces renseignements doit être vrai.

Le tout n'est pas très organisé ni ne suit une logique, mais il y a un test ADN quelque part au milieu de la pile.

Apparemment, au cours de ces dernières semaines, Kip a eu le temps de traquer Olive et sa mère et d'obtenir des échantillons de leur ADN.

Je ne sais pas comment il a procédé exactement, mais j'imagine que des tasses de café mises à la poubelle ont été impliquées d'une certaine manière.

En tout cas, elles correspondent.

Il y a 99, 999 % de chance qu'il s'agisse de sa mère.

Il ne me reste plus qu'une chose à faire maintenant : le dire à Olive.

Je glisse le dossier dans ma veste pour le protéger et je referme ma fermeture éclair.

Il fait un bruit de froissement quand je marche, mais je l'entends à peine avec le son des battements de mon cœur qui résonnent à mes oreilles.

Ce dossier me donne l'impression qu'il va tout remettre en ordre. Il fera disparaître toutes les bizarreries qui se sont glissées entre nous et elle redeviendra mienne.

Ce sera comme au début.

Il va raviver l'étincelle qui les avait rapprochés et qui les empêchait de pouvoir rester loin l'un de l'autre.

Quand j'arrive à l'hôpital, je la cherche dans la salle d'attente, mais je ne la trouve nulle part.

Elle est probablement aux toilettes, me dis-je en prenant un siège.

L'hôpital est chaud et confortable et je n'ouvre pas ma veste pour garder un peu ce sentiment.

- Oh, Marlène ! crié-je à l'une des infirmières qui marchait d'un pas rapide vers moi. Avez-vous vu Olive récemment ?

- Vous ne savez pas ? demande-t-elle avec un grand sourire. Il est réveillé.

NICHOLAS

QUAND IL SE RÉVEILLE...

J'ENTENDS À QUEL POINT LES COUPS QUE JE FAIS
CONTRE LA PORTE SONT HÉSITANTS.

Une éternité passe avant que quiconque ne réponde.

Je frappe à nouveau.

Plus fort cette fois.

Encore une fois, personne ne répond.

Quand personne ne répond, je tourne la clenche.

Je peux entendre sa voix à l'intérieur.

Quand je ferme la porte, l'excitation et l'exubérance
d'Olive se répandent dans le couloir.

– Hé... Owen... tu es réveillé, dis-je en entrant.

Il est pâle et ses lèvres sont gercées, mais il y a un petit sourire.

Olive me fait signe pour que je m'approche du lit.

Elle parle sans arrêt et ni Owen ni moi n'essayons de l'interrompre.

Ses doigts sont entrelacés avec les siens et il y a des larmes séchées sur ses joues.

– Comment te sens-tu ? Je lui demande quand elle s'arrête pour un peu d'air.

Je m'attends presque à ce qu'il se fâche contre moi, mais il me fait un signe de tête et murmure :

– Je vais bien.

Sa voix est rauque, à peine audible, mais j'ai le sentiment qu'il est heureux de me voir.

Ou du moins, il n'est pas contrarié que je sois là.

Olive lui raconte comme nous étions tous dans la salle d'attente à l'extérieur en attendant qu'il se réveille et que nous sommes tous heureux qu'il le soit enfin.

– Vous deux, et maman ? demande lentement Owen, se raclant la gorge au milieu de la phrase.

Sa question est comme un coup de poing à l'intestin pour Olive.

Elle recule un peu, mais reprend rapidement ses esprits pour mentir.

– Oui, nous et maman, lui dit-elle en serrant sa main.

Quand nos yeux se croisent, elle détourne les siens.

Nous savons tous les deux que leur mère n'a pas été très présente.

Dire qu'elle était venue trois fois et restée plus de trois heures serait déjà exagérer.

Mais Owen n'a pas besoin de le savoir.

Personne ne veut entendre ça quand il s'agit d'une personne qui devrait les aimer de manière inconditionnelle.

– En fait, pas seulement nous, ajoute Olive. Sydney et James aussi.

- Ta colocataire ? demande Owen.

Olive hoche la tête en lui frottant la main.

Oui, ma colocataire et son petit ami James. C'est vraiment un gars génial. C'est un ami de Nicholas d'Hawaï, hein ?

Owen me fait un signe de tête.

- Oui, il est génial, je suis d'accord.

- Pourquoi... étaient-ils... ici ?

- Pour t'attendre, idiot, dit Olive. Pour m'aider à attendre que tu te réveilles.

Owen lève les yeux au plafond.

Je le vois examiner chaque carreau individuellement avant de passer au suivant avant de regarder par la fenêtre.

- Tu... pensais que... quelqu'un viendrait ici pour... me tuer, hein ? dit Owen après une longue pause.

– Non, bien sûr que non, ment Olive.

Elle lui serre la main et elle le force à la regarder.

– Je voulais seulement que quelqu'un soit là quand tu te réveillerais, dit-elle.

Nous savons tous que c'est faux.

Quand il ouvre la bouche pour dire autre chose, elle le coupe.

– Ne parlons pas de ça maintenant. Nous aurons tout le temps plus tard.

C'est difficile d'expliquer la sensation que j'ai à être dans la même pièce qu'Olive et Owen.

Je suis heureux qu'il aille mieux.

Je suis heureux que le médecin ait dit qu'il se remettra complètement de ses blessures.

Je me sens soudain, comme une personne de l'extérieur.

Le lien entre Olive et Owen est difficile à décrire.

D'un côté, ils sont proches comme un frère et une sœur, mais d'un autre côté, il y a plus de profondeur, surtout de son côté à lui.

Quand ils ont commencé à s'écrire, Owen savait la

vérité sur leurs origines. Maintenant, les choses commençaient à se mettre en place.

Le fait qu'ils ne soient pas liés biologiquement expliquait la manière dont il agissait avant son coma. Ce n'était pas seulement un grand frère qui veillait sur sa petite sœur.

Il avait nourri ces sentiments pour elle et maintenant qu'elle savait tout, il semblait impossible de s'infiltrer au milieu.

Je déteste quand je me laisse aller dans ces endroits sombres.

J'essaie d'agir en optimiste la plupart du temps, mais pour être franc je ne le suis pas.

J'essaie de faire bonne figure, mais c'est difficile.

J'ai traversé et vécu tellement de choses sombres que je retiens mon souffle en attendant le prochain coup du sort.

Bien sûr, ce n'est pas parce qu'Owen a des sentiments pour elle qu'elle les partage nécessairement.

Elle l'a toujours aimé comme un frère et ce n'est pas parce qu'elle a découvert qu'ils ne sont pas liés biologiquement que cela signifie qu'elle tombera amoureuse de lui comme par magie.

Cela ne signifie pas que ses sentiments vont soudainement devenir sexuels.

Cela ne veut pas dire que j'ai quelque chose à craindre, hein ?

10

NICHOLAS

CELA FAIT DEUX JOURS QUE OWEN S'EST RÉVEILLÉ. Cela fait deux jours que je n'ai pas vu Olive.

Je ne suis pas retourné à l'hôpital depuis et Olive ne l'a pas quitté.

Ce soir, elle rentre enfin.

Je prépare le dîner. Sydney et James séjournent dans un hôtel pour la nuit.

Nous avons l'appartement pour nous tout seuls.

Ce soir sera la nuit où notre relation sera réinitialisée.

J'entends sa clé dans la porte, pile à sept heures, alors que je mets le saumon et les asperges dans la poêle.

— Waouh, ça sent super bon, dit-elle en me faisant en m'embrassant. Ça te dérange si je file sous la douche ? Je porte ces vêtements depuis des jours.

— Pas de problème, dis-je. Le repas ne sera pas prêt tout de suite. Tu veux que je me joigne à toi ?

Elle rit en rejetant ses cheveux en arrière.

— Non, ça va. En plus, notre dîner va probablement brûler si tu fais ça.

Je prends une profonde inspiration et expire lentement. Ce n'était pas censé être une insulte, alors pourquoi ai-je l'impression que ça en est une ?

Non, calme-toi. Il ne fait pas interpréter les choses.

Elle traverse beaucoup de choses, il faut lui laisser un peu d'espace, je me dis. Tout ce dont elle a besoin, c'est d'un peu de temps.

Le repas est presque prêt quand elle sort de sa chambre et s'assied à table.

Vêtue d'un t-shirt propre et ample et d'un pantalon de yoga, elle se verse un verre de vin.

Ses cheveux sont mouillés, dégoulinants sur son haut

et son visage est propre sans aucune trace de maquillage.

Je perds la capacité de parler un instant en regardant la plus belle femme du monde.

Olive prend un morceau de la miche de pain que je mets sur la table et l'avale avec deux grandes gorgées de vin.

– Oh, mon Dieu, c'est tellement bon, dit-elle en repoussant ses cheveux de son visage. C'est tellement agréable d'être à la maison.

– C'est bon de t'avoir ici, dis-je.

Nous avons tellement de sujets de conversation à aborder : le dossier que j'ai eu sur sa véritable mère, le fait que je n'ai pas envie de squatter dans ce petit appartement avec deux autres colocataires, la possibilité que son frère soit amoureux d'elle.

Et pourtant, je n'ose aborder aucune de ces questions.

Cet instant est seulement pour nous.

Nous devons nous retrouver.

Nous devons nous être ensemble

C'est le seul moyen d'éviter que le fossé qui s'est créé entre nous de s'agrandir et de devenir plus profond.

– Attends, dit-elle en éloignant le verre de ses lèvres. Avant d'entamer dans ce merveilleux dîner que tu nous as préparé, j'aimerais porter un toast.

– D'accord, je lui réponds en posant ma fourchette.

– Je tiens à te remercier d'être le meilleur petit ami de tous les temps, dit-elle en levant le bras plus haut. Je ne sais vraiment pas comment je m'en serais sortie sans toi. Tu as veillé sur lui à l'hôpital toutes ces nuits, ces jours et ses heures pour que je puisse me reposer..

– Ce n'était rien, je l'interromps même si cela signifie beaucoup qu'elle l'apprécie réellement.

– Non, ce n'était pas rien. Tu n'es pas le plus grand admirateur d'Owen, mais tu l'as fait pour moi et je veux que tu saches que je l'apprécie. Vraiment.

– Bien... merci, dis-je. J'étais heureux de le faire.

Nous plongeons dans le regard de l'autre.

Nous nous perdons dans ce moment.

Au début, je me sens à l'aise, puis je remarque qu'elle attend quelque chose.

Elle attend que je lui dise : « Je t'aime. »

J'ouvre les lèvres et me racle la gorge.

Les mots sont sur le bout de ma langue. C'est tellement simple.

Les gens le disent tout le temps.

Et pourtant... pour une raison que j'ignore, je n'y arrive pas.

Le pire c'est que le sentiment me submerge.

Je sais que je l'aime et qu'il n'y aura personne d'autre qui m'intéressera plus.

Et pourtant, je n'arrive pas à prononcer ces trois mots tout simples.

De quoi ai-je peur ? Ils ne me feront jamais de mal. Ils ne pourraient que me libérer.

– Je...

Je la vois retenir son souffle.

Elle attend que je le dise. Ces trois petits mots.

Il suffit de terminer la phrase.

Tu peux le faire, je me dis.

– Oui ? demande Olive pleine d'espoir.

– Je voulais juste... te demander si tu veux plus de poivre ?

La déception qui inonde son visage est difficile à décrire, mais elle me blesse profondément.

J'en frissonne de tout mon corps.

Mais le moment passe.

Si je ne pouvais pas le dire plus tôt, la déclaration devient maintenant impossible.

Pendant le reste du dîner, nous parlons de tout et de rien. Olive me raconte comment Owen réussit à récupérer et à quel point elle est excitée de le voir devenir plus fort chaque jour.

Je souris et feins l'enthousiasme tout en espérant qu'elle ne voie pas ma déception.

Je ne suis pas déçu pour Owen. Je suis heureux pour lui et je suis heureux qu'Olive ne soit plus inquiète pour lui.

Celui qui me déçoit c'est moi. Même si nous prenons ce bon dîner et que tout est agréable, il semble toujours y avoir un fleuve qui coule entre nous.

Il y a toutes ces choses qui ne sont pas dites.

Toutes ces choses dont nous n'avons pas parlé.

Plus on laisse les vrais sujets de conversation de côté, plus le fleuve s'agrandit.

Quand Olive m'aide à débarrasser la table, je me penche et l'embrasse. Elle est surprise au début et essaie de se dégager, mais seulement brièvement.

Mes doigts parcourent son corps alors qu'elle enfonce ses mains dans mes cheveux. Je la pousse contre le mur, pressant mon corps contre le sien.

Nos bouches se retrouvent et nos langues s'entremêlent.

Nous ne prenons pas la peine d'enlever la plupart de nos vêtements.

Nos mouvements sont rapides et incontrôlables.

Nous avons besoin d'être ensemble le plus rapidement possible. Contrairement à ce que nous faisions avant, quand nous prenions notre temps, cette fois, il n'en est pas question.

Ses jambes s'ouvrent pour moi alors qu'elle appuie son visage contre le mur et soulève ses fesses.

Il me faut seulement une seconde avant de me glisser en elle.

Ses gémissements deviennent les miens.

Nous allons au même rythme, surfons sur la même vague.

Je l'entends approcher de l'orgasme et j'essaie de tenir un peu plus longtemps.

Quand elle crie mon nom, je me laisse finalement aller.

QUAND IL RENTRE À LA MAISON...

Je ne sais pas ce qui est différent entre Nicholas et moi, mais il y a quelque chose qui est très... inégal.

Je tiens à lui. Beaucoup.

Je l'aime même, mais depuis qu'Owen s'est réveillé, tout semble forcé.

Non, pour dire la vérité, les choses ne sont pas comme avant depuis qu'Owen est entré à l'hôpital.

C'est presque comme s'il y avait une sorte de décalage entre nous.

J'ai cru que ce soir, ce sentiment partirait. Il m'a fait ce merveilleux dîner.

J'étais tellement heureuse d'être à la maison et tout ce que je voulais faire, c'était fêter ça.

À un moment, j'ai cru que Nicholas allait me prendre dans ses bras et me dirais qu'il était amoureux de moi.

Cela aurait rendu les choses moins étranges.

Mais au lieu de cela, il a simplement… laissé tomber.

J'aurais peut-être dû le dire d'abord.

Je n'aurais peut-être pas dû être aussi lâche, mais j'ai pris peur.

Et s'il ne m'aime pas ? Si je lui disais et que ça empirait les choses entre nous ?

Et puis quand il m'a embrassé, je l'ai embrassé en retour.

Je le voulais.

Je voulais sentir son corps à côté du mien, au-dessus du mien, à l'intérieur du mien.

Mais avoir couché ensemble, ne fait que mettre en lumière tout ce qui ne va pas entre nous.

Quoi qu'il se passe entre nous, je dois arrêter de le ressasser.

Du moins pour le moment.

Owen rentre à la maison cet après-midi. On est un peu à l'étroit à la maison donc Nicholas a donc pris une chambre d'hôtel.

Owen a proposé de rester chez notre mère, mais c'est tout à fait hors de question.

Elle n'avait pas pris la peine de venir le voir à l'hôpital et la connaissant, il aurait été plus là pour s'occuper d'elle que le contraire.

Non, venir à la maison est la meilleure option.

Je vais seulement dormir sur le canapé et il pourra prendre ma chambre. Heureusement, Sydney et James sont d'accord pour le moment.

Owen rentre à la maison cet après-midi. Il arrive à entrer en marchant, sans utiliser le fauteuil roulant que l'hôpital a insisté qu'il prenne avec lui, mais il s'écroule sur le canapé peu de temps après.

Les médecins l'ont prévenu qu'il se sentirait

incroyablement fatigué pendant les jours voire les semaines qui arrivent et que nous devrions nous préparer à cette éventualité.

Je m'assieds à côté de lui et il pose sa main dans la mienne.

Je suis contente qu'il soit ici. En sécurité.

Plus tard dans la soirée, l'impression d'être en sécurité disparaît.

Nous parlons de tout et de rien, nous prenons un bon dîner, mais des pensées sombres commencent à me hanter.

- Est-ce que ça va ? demande Owen en s'étalant sur le canapé.

– Oui, je vais bien, je lui mens.

Quand il me le demande à nouveau, je persiste dans mon mensonge, mais il n'abandonne pas.

– Il y a toujours des gens qui veulent ta mort, lui dis-je enfin en cédant.

Il hausse les épaules.

– Ils ont essayé de te tuer une fois, ils vont

probablement réessayer.

Il hausse les épaules à nouveau.

– Tu t'en fiches ?

– Non, mais je ne sais pas ce que je pourrais faire pour changer ça.

J'avoue que moi non plus.

Nous restons assis pendant un moment, en sirotant nos verres et en ressassant toutes les choses mauvaises dont nous avons trop peur de parler.

Il y a autre chose, bien sûr. Sa sécurité physique n'est pas la seule chose qui me préoccupe.

– Tu n'es pas mon frère, dis-je.

Les mots m'échappent avant que je puisse me reprendre. Owen me regarde longuement avant de dire quoi que ce soit.

– Non, je ne suis pas ton frère.

J'attends qu'il me demande comment je l'ai su, mais il ne le fait pas.

Il répète seulement le fait que ce n'est pas mon frère.

Comme si c'était quelque chose que nous savions tous les deux depuis très longtemps.

– Pourquoi tu ne me l'as jamais dit ? demandé-je.

– Je n'ai jamais trouvé le bon moment.

– Pourquoi pas quand tu m'as écrit pendant toutes ces années ?

Il prend une grande inspiration et expire très lentement, comme s'il exhalait la fumée d'une cigarette.

Il lève les épaules et les laisse retomber doucement.

– Dis-moi la vérité, je lui demande. Ne me mens pas.

Il prend une autre grande inspiration.

Puis, expire à nouveau profondément.

J'attends.

– Je ne voulais pas que les choses changent entre nous. Tu étais là pour moi et tu es la seule famille que j'ai. Je ne voulais pas que les choses changent pour une histoire d'ADN.

– Alors, tu voulais tout simplement... m'utiliser ? demandé-je.

– Non pas du tout. Je t'aime, Olive.

Les mots me font frissonner.

Je le regarde dans les yeux, ses iris sont sombres et pleins de profondeur.

Il cligne des yeux et j'aperçois son chagrin.

Je ne sais pas ce qu'il entend par là.

Est-ce qu'il m'aime comme une sœur ? Ou m'aime-t-il plus que cela ? Il n'élabore pas et je n'ose pas demander.

– Je t'ai écrit toutes ces lettres parce que tu étais la seule personne qui était là pour moi, Olive. Je voulais savoir ce qui se passait dans ta vie et te parler de la mienne.

Il a du mal à avouer ces choses et sa voix se brise tout au long.

– Tu seras toujours un membre de ma famille, ajoute-t-il. Je me fiche éperdument du lien biologique.

J'acquiesce. Les larmes me montent aux yeux.

– Je m'en fiche aussi, dis-je avec un sanglot. Je t'aime aussi, Owen.

J'ai attendu si longtemps qu'il sorte de prison, puis si longtemps pour qu'il se réveille.

J'ai l'impression qu'une grande partie de ma vie a été consacrée à l'attente. Et maintenant qu'il est ici... je crains de le perdre à jamais.

Nous nous étreignons pendant un moment sans dire un mot. Ça fait du bien d'être dans ses bras. Il n'y a rien de sexuel ou de romantique dans ce geste. Il est seulement mon frère et rien ne changera ça.

Nous nous séparons finalement quand nous entendons Sydney déverrouiller la porte.

James est avec elle et ils arrivent tous sourire avec de la nourriture pour accueillir Owen à la maison.

Alors qu'elle pose les plats à emporter sur la table basse pour que tout le monde puisse se servir, je sens une tension entre eux.

– Qu'est-ce qui ne va pas ? demandé-je à Sydney en sortant les assiettes du placard. Est-ce que tu vas bien ?

– Nous nous sommes disputés.

Elle leva les yeux au ciel.

— Waouh, est-ce que c'est la première fois que ça vous arrive ? Je plaisante.

— Non, vraiment pas.

Elle secoue la tête.

Je pince mes lèvres, vraiment surprise.

— Vraiment ?

Elle secoue la tête avec dédain.

— Pourquoi ne m'as-tu rien dit ?

— Tu traversais beaucoup de choses, je n'allais pas te déranger avec des petits trucs stupides.

— Non, non ! Ne fais pas ça. Ne dis pas ça. Tu es ma meilleure amie. Je dois savoir ce qu'il se passe dans ta vie.

— Tu n'as pas beaucoup été dans les parages, Olive.

Elle se dirige vers la table basse et pose les couverts.

Je me sens idiote. Non, plutôt comme une petite fille stupide et égoïste.

J'ai traversé beaucoup de choses, mais elle a raison. Je l'ai négligée.

À quand remonte la dernière fois que nous nous sommes parlés ? Je ne me souviens même plus.

Sa mère est-elle toujours en ville ? Je ne sais pas.

Sydney et moi faisons toutes les deux un effort considérable pour éviter que le dîner soit embarrassant. Owen et James parlent de sport sans rien remarquer. Elle est amicale avec James et moi pour Owen. Elle ne fait pas semblant par contre.

Après avoir chargé le lave-vaisselle, James va courir et j'aide Owen à se mettre au lit.

Je lui donne ma chambre pour qu'il puisse bien se reposer pendant que je prendrai le canapé.

Une fois que je l'ai bordé et que j'ai éteint la lumière, je vais frapper à la porte de Sydney.

12

OLIVE

QUAND ON PARLE...

Sydney ne répond pas à la porte alors j'entre. Je m'assieds sur le lit à côté d'elle. Elle se détourne de moi et croise les bras.

– On peut parler ? demandé-je.

Elle sort un pot de sa table de nuit et pointe le miroir rond vers son visage. En dévissant le dessus, elle saisit une quantité généreuse de crème et commence à la répandre sur son visage.

- Tu en veux ? me demande-t-elle au bout d'un moment.

– Bien sûr, lui répondis-je en hochant la tête.

J'apprécie le geste et je ne vais pas me détourner de la

branche d'olivier qu'elle me tend sous le prétexte que je porte toujours du maquillage.

– Je suis désolée d'avoir été si… absente récemment. Tu es importante pour moi et je veux que tu le saches.

– Ça va, ne t'en fait pas. J'étais vraiment énervée contre James et je n'aurais jamais dû m'en prendre à toi.

– Qu'est-ce qu'il se passe ? m'inquiété-je tout en réalisant juste que j'avais complètement oublié de lui demander comment s'était passé le brunch au Ritz avec sa mère et James.

– Je pensais vraiment qu'elle n'allait pas l'aimer. Je veux dire, elle n'a jamais aimé personne avant, non ? Mais elle l'aime bien. Un peu trop, même !

– Vraiment ?

– C'est à vomir, dit Sydney en se tournant vers moi. On dirait qu'elle est obsédée par lui. Elle n'arrête pas de me demander où nous en sommes et quand nous allons passer à l'étape supérieure. Elle pense qu'il est vraiment un bon parti.

– Eh bien, il l'est.

– Oui et alors ? Je le suis aussi.

– Je ne pense pas que quiconque ait dit le contraire.

Sydney secoue la tête et regarde le sol.

– Qu'est-ce qui ne va pas ? Je lui demande en la prenant dans mes bras.

De grosses larmes coulent sur ses joues.

– C'est elle, murmure-t-elle quand elle parvient enfin à rassembler ses pensées. C'est toujours elle.

Je laisse échapper un profond soupir.

Comme toute mère, Hilary possède le pouvoir incommensurable de donner à sa fille le sentiment qu'elle ne vaut rien.

Toutes les mères ne choisissent pas d'exercer ce pouvoir, et certaines le font malgré tous leurs efforts.

Mais Hilary l'utilise avec expertise.

– Je ne suis jamais assez bien, Olive. Rien de ce que je fais n'est assez bien.

– Tu es une personne merveilleuse, lui murmuré-je à l'oreille, essayant de compenser toutes les lacunes de sa mère. Peu importe ce qu'elle dit. Ou pense.

– Je le sais, acquiesce Sydney. Bien sûr, je le sais. Mais cela ne change pas le fait qu'elle est ma mère et… que je veux qu'elle soit fière de moi.

– Je suis sûre qu'elle l'est, je mens.

En réalité, je n'en ai aucune idée et j'en doute beaucoup.

Si Sydney avait une mère normale, son prestigieux diplôme universitaire et son travail bien rémunéré seraient une source de fierté. Dans le livre de Hilary, elle répond à peine aux attentes minimales.

Et en matière d'apparence, Sydney tombe bien en dessous de ces attentes.

– Qu'est-ce qu'elle t'a dit cette fois ?

Sydney s'essuie les yeux et secoue la tête.

Elle ouvre la bouche, mais les mots s'embrouillent et elle recommence à pleurer.

En surface, nos mères ne pourraient pas être plus différentes, mais elles nous font ressentir la même chose.

Peu importe ce que nous faisons, nous ne sommes jamais assez bien.

Dans son cas, Sydney ne sera jamais assez jolie, ni assez mince, ni assez intelligente pour faire plaisir à sa mère.

Dans mon cas, je ne serai jamais assez bien parce que je ne suis pas mon frère aîné.

La cruauté d'Hilary est un peu différente de celle de ma mère, car elle manigance tout dans l'ombre.

Elle ne dira jamais à Sydney qu'elle la trouve grosse, mais elle fera des commentaires et des insinuations qui rendront le message parfaitement clair.

Les quelques fois où Sydney lui avait fait la remarque, Hilary l'a nié de tout son cœur, lui promettant que ce n'était que des plaisanteries et elle avait demandé à Sydney pourquoi elle avait un si mauvais sens de l'humour (une insulte enveloppée dans une insulte).

- Alors, elle aime vraiment bien James ? demandé-je, essayant de la convaincre de s'ouvrir à moi.

– Oui. Beaucoup.

Je souris.

– Je sais, dit Sydney en hochant la tête. J'étais aussi

choquée que toi. James ne l'était pas par contre, mais que sait-il à propos d'Hilary ?

- Alors, que s'est-il passé ? demandé-je.

– Le brunch au Ritz s'est passé sans encombre. Il lui a fait des flatteries et elle a tout avalé. À la moitié du repas, j'ai commencé à penser qu'elle faisait semblant et qu'elle me dirait combien il est affreux plus tard, mais elle ne l'a pas fait. Elle l'aime bien.

– C'est génial, dis-je.

Elle s'éloigne de moi.

L'expression sur son visage me dit que ce n'est peut-être pas aussi génial que je le pense.

– Qu'est-ce qui te dérange ? demandé-je.

– Maintenant, elle me demande où on en est. Tout le temps. Elle veut qu'on emménage ensemble. Elle fait allusion à notre mariage. Si jamais on ne le fait pas, elle me blâmera pour ça.

– Vous marier ? Mais vous venez de vous rencontrer.

Sydney hausse les épaules et lève les yeux au ciel.

– Vous ne voulez pas vous marier, non ?

– Non, pas vraiment. Je veux être avec James. Je l'aime. J'avoue que le fait que ma mère l'apprécie, non je devrais dire l'aime vraiment... je commence à avoir des doutes sur ce que je pense vraiment de lui.

– D'accord, ne fais pas ça, dis-je rapidement. Ne la laisse pas t'embrouiller. Tu l'aimes. Tu veux être avec lui. C'est une bonne chose qu'elle l'apprécie et cela ne veut pas dire que tu dois remettre en question ce que tu penses de lui et votre relation.

- Tu ne vois pas à quel point c'est malsain ? demande Sydney. À quel point c'est tordu ? Tout le monde pense que nous avons cette superbe relation mère-fille, alors qu'en réalité ce n'est qu'un couloir couvert de miroirs.

Je voudrais lui dire que ma relation avec ma mère est tout aussi tordue, mais je ne veux pas qu'on fasse une compétition sur qui a la pire mère.

Elle traverse quelque chose de difficile et je le reconnais.

Je veux être là pour elle de toutes les manières dont je lui ai fait défaut pendant tout ce temps.

Je ne sais pas quoi ajouter, alors je la prends dans les bras et je la serre contre moi pendant un moment.

– Essaie d'y penser de cette manière, lui dis-je au bout d'un moment. Peu importe combien ta mère approuve James, tu sais qu'elle n'approuverait jamais votre relation ouverte et votre vie sexuelle.

Sydney commence à rire.

Dieu merci.

C'était exactement l'effet recherché.

– Ça me donne presque envie de lui dire, dit-elle.

– Non. Du moins pas tout de suite. Tu dois garder ça pour un jour de pluie.

– Et encore, répondit-elle une fois que son sourire a disparu. Elle le haïrait et elle ne s'en remettrait jamais. On ne s'en remettrait jamais.

Je lui fais un signe de tête.

Elle a absolument raison.

Si Hilary découvrait un jour leur vie sexuelle non conventionnelle, elle ferait tout ce qui est en son pouvoir pour créer un fossé entre eux.

Non, il est préférable d'imaginer son visage si elle le découvre un jour plutôt que de faire face aux répercussions.

— Je suis désolée, j'étais tellement fâchée contre toi tout à l'heure, dit Sydney en tournant son corps vers moi et en s'asseyant plus haut sur le lit. Elle faisait continuellement ces plaisanteries sur mon corps et à quel point j'étais grosse sans vraiment le dire que je me sentais tout simplement… horrible.

— S'il te plaît, tu n'as pas à t'excuser. Je n'ai pas été une bonne amie pour toi pendant ces derniers temps. Je suis tellement désolée que ta mère soit comme ça. Tu es belle, tu le sais, pas vrai ?

Elle hoche la tête, mais je ne suis pas convaincue.

Je mets mon doigt sous son menton et la force à me regarder dans les yeux.

— Tu es incroyable, magnifique et sexy. Je ne sais pas pourquoi ta mère dit toutes ces choses, mais tu ne peux pas les croire.

Une larme roule sur sa joue, mais celle-ci, c'est une larme de joie.

Elle enroule ses bras autour de moi et se serre fort.

_____

13

NICHOLAS

QUAND ON SE REVOIT…

J'arrive tôt au bar pour prendre un verre avant notre rendez-vous. Ces réunions ne se passent jamais bien, car je déteste sa vue et son odeur et je n'ai aucune idée de comment le sortir de ma vie.

Eh bien, ce n'est pas tout à fait vrai, me dis-je en prenant une gorgée de whisky dans l'étagère du haut.

Il est sombre et riche et ma situation me paraît moins pénible l'espace d'un instant.

Je pourrais faire une chose pour résoudre tous mes problèmes.

Je pourrais disparaître.

Je l'ai un peu fait sur Hawaï, mais je n'avais pas fait de réels efforts. J'avais utilisé mon nom.

Je m'étais appuyé sur mes anciens contacts pour me faire de nouveaux amis.

Je me suis appuyé sur ma réputation pour faire ce dont je pensais avoir besoin.

Et si ça n'avait pas été le cas ?

Et si je disparaissais réellement ?

Complètement ?

Nouveau nom.

Nouvelle identité.

Nouveau mode de vie.

Les gens le font tout le temps. J'ai des compétences qui me garderont à flot pendant que j'essaie de tout mettre en place pour commencer une nouvelle vie.

Vous ne croiriez pas le nombre de personnes qui vivent sous une nouvelle identité dans le cadre du système de la Protection des Témoins, et combien d'autres le font officieusement.

Je pourrais faire partie de ces derniers.

Commencer une nouvelle vie dans un nouvel endroit résoudrait tous mes problèmes.

Si je le fais bien, ni le FBI, ni la police, ni aucun autre membre du gouvernement ne pourrait me retrouver.

Tout d'abord, je n'ai assassiné personne et jusqu'à présent, l'affaire qu'ils essaient de monter contre moi pour avoir soi-disant tué mon ancien partenaire n'en est pas vraiment une.

Ainsi, ils auraient plus de difficulté à faire en sorte que mon histoire soit diffusée sur America's Most Wanted et sur d'autres programmes télévisés qui sollicitent l'aide du public pour rechercher des fugitifs.

Si je disparaissais et commençais une nouvelle vie, je n'aurais pas à recueillir des informations sur le frère d'Olive pour le compte du FBI et je n'aurais plus à m'inquiéter pour la dette que la pègre croit que j'ai envers elle.

Personne ne pourrait me trouver.

Il n'y a qu'un problème dans cette idée. Olive Kernes.

Je ne lui ai pas dit que je l'aimais, mais c'est le cas. Plus que tout. Je veux qu'elle vienne avec moi, mais j'ai peur de lui demander.

J'ai peur qu'elle dise *non*.

Je ne peux pas lui parler de ma relation avec le FBI et certainement pas qu'ils veulent que je collecte des informations sur Owen.

Jusqu'à présent, Owen ne peut rien faire de mal à ses yeux.

Jusqu'à présent, Owen est un dieu et jusqu'à ce que cela change, elle le soutiendra si elle découvre la vérité sur moi.

La seconde option est de lui mentir. Je pourrais lui dire que j'ai besoin de disparaître pour échapper à ceux qui me poursuivent.

Qu'ils menacent ma vie et que la seule façon de m'en sortir est de partir et de ne plus être Nicholas Crawford.

Elle tient à moi et elle s'inquiéterait, mais est-ce suffisant ?

Son frère qui se trouve dans la même situation, et vient tout juste de sortir du coma parce que des gens ont vraiment essayé de le tuer.

Elle ne disparaîtrait pas pour lui.

Elle ne commencerait pas une nouvelle vie avec moi en le laissant derrière elle.

Y aurait-il une autre solution ?

Cette pensée ne m'avait jamais traversé l'esprit auparavant, et même à présent, en buvant le deuxième verre de whisky, elle me donne des frissons.

Je n'aime pas Owen et il me déteste.

Nous n'avons pas un bon passé commun, mais cela ne signifie pas que nous ne pouvons pas trouver un terrain d'entente afin de sauver nos peaux.

Que dit l'adage ?

L'ennemi de mon ennemi est mon ami ? C'est peut-être ça. C'est peut-être la solution à tous nos problèmes ?

Prenant une autre gorgée, je passe mes doigts sur le grain du bar.

Il y a des empreintes épaisses dues à des années d'usure, ce qui lui donne du caractère et l'apparence d'un endroit où de nombreuses personnes s'assoyaient et enterraient leurs problèmes au fond d'une bouteille.

Plus de pensées me traversent l'esprit.

Les résultats du test ADN qui prouvent la véritable identité de la mère d'Olive sont toujours dans un dossier dans la boîte à gants de ma voiture.

J'allais lui donner toutes les informations sur ses origines et attendre qu'elle se jette à mon cou et m'embrasse comme jamais auparavant, mais je n'ai jamais trouvé le bon moment.

Il n'y a peut-être pas de bon moment.

— Désolé pour le retard, dit Art en prenant place à côté de moi.

C'est la première fois qu'il s'excuse pour cela et je ne serais pas surpris que ce soit la première fois qu'il présente des excuses tout court.

— Pas de soucis, dis-je. J'ai bu un bon verre pour me tenir compagnie.

— Je vais prendre la même chose, demande Art au barman. Alors, comment ça va, Nicholas ?

Maintenant, je sais que quelque chose ne tourne pas rond. Le Art Hedison que je connais adore me remettre à ma place en m'appelant Nicky.

— Je vais bien, dis-je sans perdre de temps.

– On ne s'est pas vu depuis un moment, dit Art.

Je hausse les épaules.

– Cela dépend plus de toi que de moi et Owen était plutôt indisposé.

– Comment va-t-il ?

– Bien. Ils l'ont laissé sortir. Aucune perte de mémoire. Je ne suis pas sûr qu'il soit complètement remis physiquement, mais tu sais... dis-je.

Je ne révèle rien de ce qu'il ne sait pas déjà.

Je ne l'ai pas vu à l'hôpital, bien sûr, mais je suis certain que son bureau avait eu un œil sur la situation, si ce n'est un contact direct avec ses médecins et ses infirmières.

– Il me déteste toujours, au cas où tu te poses la question, ajouté-je. Donc, je n'ai rien appris de plus que ce que je t'ai déjà dit.

Art prend quelques bonnes gorgées de son whisky et demande au barman de le resservir.

Soudain, je me rends compte que cette réunion pourrait ne pas concerner Owen.

14

NICHOLAS

QUAND IL ME DIT CE QU'IL VEUT VRAIMENT...

J'ATTENDS SILENCIEUSEMENT QU'ART DISE QUELQUE CHOSE, mais il ne le fait pas. Il fait seulement tourner le whisky dans son verre.

Je suis tenté de le pousser à parler, mais je décide d'attendre.

S'il veut me demander quelque chose et qu'il doit rassembler son courage pour le faire, alors je vais attendre.

– Allons parler ailleurs, dit-il.

Il paie nos deux notes et je le suis à l'extérieur.

Je suppose que nous allons retourner dans la ruelle où nous discutons affaires habituellement.

Elle est longue et aucune fenêtre ne la surplombe ce qui la rend parfaite pour parler de choses privées.

Il me surprend toutefois à nouveau.

Il me conduit au restaurant bien éclairé de l'autre côté de la rue.

Il est assez vide et il prend place dans une des banquettes de restaurant le plus loin possible des oreilles indiscrètes.

Quand la serveuse vient avec nos cafés, je commande le petit-déjeuner numéro trois avec des œufs brouillés, des toasts au levain et un avocat à part.

Art commande des crêpes avec des œufs.

Pendant que nous attendons, je suis à nouveau tenté de lui demander ce qu'il me veut, mais je me force à attendre.

Je ne veux pas lui faciliter la tâche.

S'il veut me demander une faveur, ce dont je suis presque sûr maintenant, il devra le demander.

– J'ai besoin de ton aide, dit Art en me regardant droit dans les yeux.

Contrairement au bar où nous étions assis côte à côte, ici sur les banquettes, l'un en face de l'autre, il ne peut se cacher nulle part, alors il ne s'embête pas.

– Quel genre d'aide ? demandé-je.

Art regarde autour de lui et baisse la voix.

– Laisse-moi voir ton téléphone, dit-il enfin.

Je le sors de ma poche et le pose sur la table.

- Tu n'enregistres pas la conversation, hein ? demande-t-il.

Waouh, ça doit être sérieux s'il a peur que je l'enregistre.

Dans mon travail, la dernière chose que vous voulez, c'est transporter la preuve que vous parlez aux autorités.

– Non, bien sûr que non, dis-je.

Il demande à revoir mon téléphone et ne dit plus un mot avant de l'avoir fouillé pour s'assurer qu'il n'y avait aucun enregistrement en cours sur un des dossiers cachés.

Lorsqu'il est satisfait, il me le rend et prend sa tasse de café.

– Vas-tu me dire ce qui se passe ? l'interrogé-je quand la serveuse revient avec nos énormes assiettes.

Il attend qu'elle s'éloigne avant de me regarder.

– J'ai une dette envers quelqu'un, dit finalement Art. Elle est assez grosse.

– Combien ?

Il ne répond pas.

– Qu'attends-tu de moi ? je lui demande à la place.

– Je veux que tu forces un coffre-fort chez quelqu'un et que tu voles un tableau, murmura-t-il doucement.

– Pourquoi ?

– Pour me rendre service.

– J'y gagne quoi ?

– Si tu fais cela, tu n'auras plus à espionner Owen.

Je le fixe un bon moment.

C'est la seule chose que je veux, la réponse à mes prières, mais je suis aussi sceptique.

– J'ai du mal à croire que tes patrons me laissent partir... comme ça.

Il hausse les épaules.

– Ils ne te laisseraient pas partir comme ça. Ta couverture peut être compromise, mais dans le bon sens.

– Et qu'en est-il de dossier contre moi ?

– Je peux les faire disparaître aussi. Les preuves peuvent être perdues.

– Et Owen ? Pourquoi ton patron ne se soucierait-il plus de lui tout à coup ?

Art regarde à nouveau autour de lui, mais d'une manière qui serait difficile de percevoir comme suspecte.

– Son dossier médical dit qu'il n'a subi aucune perte de mémoire, mais ça peut changer. Les dossiers médicaux peuvent être falsifiés. S'il est mentalement compromis, il nous est inutile. L'enquête contre lui disparaîtra.

– Tout ça pour ça ? demandé-je.

Il hoche la tête. Ce n'est pas suffisant. J'ai besoin d'une explication.

— Art, tu dois m'en dire plus. J'ai besoin de savoir dans quoi je m'embarque, dis-je en étalant un peu d'avocat sur mon pain et en prenant une bouchée.

— J'ai fait tout le travail préliminaire. Je connais ce mec et je sais où il garde la peinture. Je peux te donner tout ce que j'ai plus tard. Tous les détails. Mais seulement après avoir accepté l'accord.

Je mâche lentement en essayant de faire disparaître ce sentiment que c'est un piège pour me mettre derrière les barreaux à vie.

— Votre dette s'élève à combien ?

Art verse une quantité généreuse de sirop d'érable sur ses pancakes avant de répondre :

— Quatre cent mille dollars.

— Quatre cents ? murmuré-je.

Il hoche la tête.

— Tu as été un très mauvais garçon, Art.

Il secoue la tête.

— Ce n'était pas censé se passer de cette façon. Je ne devais que cent mille quand j'ai perdu la semaine dernière. Mais ensuite, j'ai pensé que j'étais en veine et que je pourrais tout récupérer. J'ai parié gros et ensuite encore plus gros. À six heures du matin, j'avais tout perdu et je devais un bon quatre cents milles.

– Merde, soufflé-je.

– Oui, c'est ce que j'ai pensé au début, puis j'ai réalisé à qui je devais l'argent.

– À qui ? demandé-je.

Art me regarde comme si j'avais posé la question la plus insensée du monde.

– Qui d'autre ?

Il rit.

15

NICHOLAS

QUAND IL ME DIT CE QU'IL VEUT VRAIMENT...

ART N'A PAS À ME DONNER LE NOM À HAUTE VOIX. Il n'y a qu'une seule personne dans cette ville qui injecte de telles sommes d'argent dans des jeux de cartes illégaux.

– Combien de temps pour rembourser ? demandé-je.

– Une semaine.

Je ris en secouant la tête.

– Tu es foutu.

– Oui, je sais, c'est pour cette raison que je *te* parle.

– Disons, et c'est une question tout à fait hypothétique, que je réussisse à mettre la main sur le tableau.

Ensuite, il se passera quoi ? Que va changer la peinture ? Elle te donnera une semaine de répit ? Et après ?

– Elle en vaut sept mille sur le marché et j'ai un acheteur qui m'en donnera quatre.

– Alors, je fais ça pour toi gratuitement ? demandé-je.

– Pas exactement. Tu achètes ta liberté. Plus d'espionnage sur le frère de ta petite amie. Tu n'auras plus à monter de dossier contre les méchants pour le compte de l'État. Toi et moi, ça sera de l'histoire ancienne. Je ferai disparaître ton dossier et jamais plus il ne reverra la lumière du jour.

– Tu es en train de me dire qu'un procureur ne va pas me trouver dans un an ou deux et m'accuser de tout ce que tu as sur moi ?

– Non, dit Art en secouant la tête. Je veux dire, oui, c'est exactement ce que je te dis.

Je prends une autre bouchée et je réfléchis à tout cela.

– Quelle preuve aurais-je que tu tiendras parole une fois que je t'aurai apporté le tableau ? demandé-je. Ceci dit, si j'arrive à récupérer la toile.

– Tu n'en as pas.

– Et si c'était seulement un piège pour me pousser à commettre ce crime pour que tu puisses m'arrêter ?

- Et si c'est le cas ? demande-t-il.

– Est-ce que c'est le cas ?

Je le mets au défi.

– Absolument pas. De plus, je n'ai pas besoin de te piéger. Nous avons déjà un dossier sur toi et c'est la raison pour laquelle nous t'utilisons comme informateur. C'est l'occasion pour toi de ne plus être un informateur et reprendre ta vie en main.

Je bois une gorgée de café froid et lève la tasse en l'air pour demander à ce qu'on la remplisse.

Nous ne nous disons pas un mot pendant que la serveuse nous verse du café dans nos tasses.

– Je ne sais rien au sujet du vol de tableaux, dis-je au bout d'un moment. Je n'en ai jamais volé auparavant.

– Tu as de la chance alors. Parce que ta petite amie s'y connaît.

Cela pique mon intérêt.

- Oh, elle ne te l'a pas dit ? demande Art en se penchant près de moi. Eh bien, laisse-moi t'éclairer.

J'essaie d'agir comme je le sais déjà, mais j'écoute attentivement.

– Quand elle était à la fac, elle a volé un petit tableau d'environ vingt par vingt-cinq centimètres. Il appartenait à la mère d'une fille qu'elle avait rencontrée dans son cours de littérature anglaise. Les propriétaires la gardaient dans une maison de Cape Cod et elle s'est faufilée à l'intérieur et l'a récupéré dans leur coffre-fort.

Je m'adosse contre la banquette, essayant d'intégrer ces dernières informations à ce que je sais déjà sur Olive et ça ne.

– Elle ne l'a pas remplacé, dit Art. Elle l'a pris et a couru.

– Que s'est-il passé, demandé-je.

– En sortant, elle s'est fait prendre par un agent de sécurité que lequel elle lui a tiré dans la jambe. Heureusement, il a survécu.

Je regarde son visage alors qu'il joue avec sa fourchette dans son assiette et se lèche les lèvres.

Ses yeux viennent lentement à la rencontre des miens.

Je vois une étrange satisfaction dans ses yeux.

– Je ne sais pas si cette histoire est censée me réconforter, mais elle ne me conforte pas dans l'idée de travailler avec elle en tant que partenaire.

– La fois suivante, elle a fait mieux, dit Art avec un sourire.

– Elle a recommencé ? demandé-je en levant mes sourcils.

– Deux fois de plus. Différentes personnes autour de la Nouvelle-Angleterre. Nous ne savons pas vraiment comment elle les a toutes connues. Ce qui est particulièrement curieux, c'est que les propriétaires ont tous refusé de porter plainte.

- Hein ? dis-je. Pourquoi donc ?

– Les peintures valent des centaines de milliers de dollars et pourtant leurs propriétaires n'ont jamais porté plainte. Pourquoi ?

Je connais la réponse autant que lui. Je ne veux tout simplement pas le dire à voix haute.

– Ils étaient volés, finis-je par céder.

– C'est cela.

Il me fait un sourire, sûr de lui, arrogant et voulant lui montrer qu'il savait tout.

– Qui étaient les artistes ? demandé-je.

– Je ne connais rien à l'art, mais c'étaient tous de grands artistes. Georgia O'Keeffe, Jenny Saville, Frida Khalo. Tu les ?

Je m'en décroche presque la mâchoire. Ce sont quelques-uns des artistes les plus vendus et les plus respectés.

Jenny Saville a même établi un record pour une artiste féminine vivante connaislorsque sa peinture s'est vendue pour près de douze millions et demi à Sotheby à Londres.

– Alors, qu'est-il arrivé à ces peintures ? Vendues pour un quart de leur valeur sur le marché noir à des collectionneurs louches qui les planqueraient dans un coffre et ne les laisseraient jamais voir la lumière du jour ?

– C'est ce qu'on pourrait croire, non ? continue Art en riant. Mais non. On les a glissés dans les galeries et musées d'où elles avaient disparu. Les directeurs les ont trouvées dans leurs bureaux au cours de la semaine du vol.

Je le fixe ne sachant plus trop quoi dire.

Je prends une autre gorgée de mon café et Art commande un dessert.

La conversation est presque terminée et pourtant il reste tellement de choses qui n'ont pas été dites.

Soudain, j'ai plus de questions que jamais, mais je ne pense pas que les réponses viendront.

- Comment sais-tu cela ? demandé-je finalement.

– Je travaille pour le FBI, dit-il dans un souffle. C'est notre travail de savoir, ou du moins de faire de notre mieux pour le savoir.

– Alors, tu me dis que c'est Olive, Olive Kernes ? Mon Olive ? Qui est responsable du vol de ces peintures ?

Art acquiesce.

– Et maintenant, tu vas lui demander de t'aider à en voler un autre. Pour moi.

– Il y a un petit problème dans ton plan, Art, dis-je. Si elle a vraiment volé ces peintures et les a rendues à leurs propriétaires légitimes, elle ne voudra pas vraiment m'aider à voler une peinture pour que tu puisses rembourser tes dettes de jeu.

– Eh bien, tout ne peut pas être facile, hein ? C'est là où tu interviens. C'est à toi de la convaincre que c'est dans son intérêt de le faire. Après tout, cela débarrassera Owen du FBI. Oh, mais attends, elle n'est pas au courant, hein ?

Je le regarde et secoue la tête d'incrédulité.

Même maintenant, même quand il vient me demander de l'aide, il ne peut pas s'empêcher d'être un abruti.

16

NICHOLAS

QUAND ELLE VIENT…

Une fois Art parti, je reste longtemps assis seul à table. Les lumières fluorescentes clignotent au-dessus de ma tête, mais je suis trop préoccupé pour les laisser me déranger.

J'ai beaucoup de mal à accepter ce que Art vient de me révéler.

Olive a-t-elle vraiment volé ces peintures ? Et si oui, comment ?

Est-ce qu'elle les a vraiment seulement rendues ?

Pas de récompense, rien ?

Pourquoi ?

La réponse à la dernière question m'échappe.

Si elle n'avait pas besoin des peintures, elle aurait pu les vendre.

Oui, elles auraient été vendues au marché noir, et alors ? Elles avaient déjà été achetées de cette façon.

Une fois les tableaux disparus des galeries, leurs propriétaires avaient alerté toutes les autorités et aucune maison de vente aux enchères réputée ou aucun marchand d'art n'aurait voulu les avoir sur leur catalogue.

Mais cela ne signifie pas qu'Olive n'aurait pas pu en tirer un beau petit pactole.

Mes pensées tournent en rond jusqu'à ce qu'elles retombent sur la proposition d'Art.

Je l'aide à voler un tableau, il le vend, il paye sa dette et il me laissera partir.

Je ne serai plus obligé d'espionner et de signaler Owen.

Je ne devrai plus trahir Olive ni même lui mentir.

S'enfuir et se cacher sous une autre identité serait beaucoup plus facile si le FBI ne me poursuit pas.

S'il reste que la pègre, je peux le gérer.

Autant que je sache, ils ne traquent pas les gens avec leur carte de crédit ou avec les antennes-relais de téléphone portable.

Owen doit disparaître un peu pour se faire oublier, alors peut-être qu'une offre qui nous permettrait à tous les trois de partir quelque part est une chose que je devrais prendre en considération.

L'emmener avec nous n'est pas idéal, loin de là, mais c'est... quelque chose.

C'est une option. Et Olive et moi serions toujours ensemble.

Ce ne peut pas être une mauvaise chose, non ?

———

La proposition d'Art me préoccupe encore le lendemain, lorsque Olive vient me voir dans ma chambre d'hôtel.

Nous parlons d'Owen et de Sydney et de ce que nous devrions manger pour le dîner.

C'est comme si elle voulait aborder un sujet de conversation et je sais que j'en ai un aussi. Alors que nous mangeons des plats à emporter chinois, je lui demande enfin :

– J'ai un nouveau boulot. C'est une peinture. Ça te dit ?

Je l'observe pour jauger sa réaction, mais elle réagit à peine.

– Je ne sais pas, Nicholas, dit-elle finalement. Je ne sais pas si je veux continuer.

Ma bouche s'assèche.

– Quoi ? Pourquoi ?

– Je suis inquiète pour Owen. Nous n'en avons pas parlé, mais ceux qui ont essayé de le tuer, ils sont toujours là, quelque part. Il semble penser que tout ira bien, mais ils ont essayé de le tuer une fois. Ils vont réessayer. La prochaine fois, ils réussiront.

– Alors, que comptes-tu faire ?

Elle met sa main dans la mienne et me regarde avec de grands yeux ronds.

– Je ne sais pas, mais je ne suis pas sûre de pouvoir rester ici avec lui.

– Ce n'est pas prudent. Je suis entièrement d'accord.

- Vraiment ? demande-t-elle.

– Je voulais t'en parler, dis-je.

En regardant ses cils papillonner avec chaque respiration, je rassemble mes pensées.

Je peux voir dans quelle direction vont ses pensées et si je peux la devancer, j'aurai peut-être une chance de réussir à monter ce plan.

– Owen ne devrait pas rester en ville. Je ne sais pas qui le poursuit, mais nous savons tous les deux qu'ils sont très dangereux. Il a besoin de partir d'ici et il a besoin d'argent pour disparaître.

- Disparaître ? murmure-t-elle.

Ses yeux s'illuminent une seconde, puis ses épaules s'affaissent.

– Non, je ne pense pas... commence-t-elle à dire, mais je l'interromps.

– Écoute-moi. Je dois sortir d'ici aussi. Mais mon

argent est un peu bloqué. Si tu m'aides à obtenir ce tableau, je pourrai tout financer.

Un mensonge enroulé dans un autre et encore dans un autre.

J'ai à peine assez pour commencer une nouvelle vie, sans parler de le faire avec deux personnes qui dépendraient de moi.

J'ai toutefois besoin de son aide.

Si elle avait été capable de voler ces peintures, alors elle est encore plus douée que je ne l'avais cru.

Merde, elle est probablement meilleure que je ne l'ai jamais été.

- Pourquoi m'as-tu promis tout cet argent si tu ne l'as pas ? demanda-t-elle doucement.

– Si, Olive. Je l'ai, vraiment, mais tout n'est pas disponible en une fois. De plus, tu as promis de m'aider en retour. Ceci est mon prochain boulot. Est-ce que tu en es ?

– Combien nous rapporte la prise ?

Je laisse échapper un grand soupir.

– Ce n'est pas que je ne veux plus travailler avec toi, Nicholas. C'est juste que je ne peux rien compromettre. Je suis chanceuse d'avoir Owen à nouveau dans ma vie, en vie et en santé. Je l'ai perdu une fois. Je ne veux pas recommencer.

– C'est exactement ça, Olive. C'est la raison pour laquelle je dois faire ce travail. Cela nous donnera assez d'argent pour commencer une nouvelle vie, dis-je. Sauf si tu veux simplement commencer une nouvelle vie avec Owen.

– Non, bien sûr que non, dit-elle rapidement.

– Je veux dire, je sais que ce n'est pas vraiment ton frère. Vous deux êtes proches…

Je ne termine pas ma phrase en espérant qu'elle comprendra ou je veux en venir.

– Ne t'aventure pas sur ce terrain, Nicholas, dit-elle, en faisant une grimace. C'est mon frère, même si notre ADN n'est pas le même. Cela ne changera jamais.

– Et ta mère ? demandé-je.

Elle s'assoit confortablement dans le canapé et elle serre ses genoux contre elle.

– Pour elle, je ne suis pas si sûre. C'est plutôt bien d'avoir une bonne raison de la sortir de ma vie. Je souhaite seulement pouvoir découvrir qui est ma vraie mère.

Je regarde ailleurs.

Je suis tenté de sortir le dossier et lui révéler la vérité.

Bien sûr que je le suis, mais quelque chose m'en empêche.

Le dossier ressemble beaucoup à une bouée de sauvetage et quelque chose me dit de le garder dans ma poche au cas où cette conversation partirait en vrille.

– Fais ce coup pour moi, Olive. Ce sera ça pour nous, dis-je en la prenant dans mes bras. Nous volons ce tableau et notre accord initial est dissous. Nous pourrons utiliser cet argent pour commencer une nouvelle vie, avec de nouvelles identités. Quelque part loin de cet endroit où personne ne nous connaît. Là-bas, personne ne saura qui est Owen et il ne devra rien à personne.

Elle me regarde dans les yeux et je regarde ses iris scintiller à la lumière du soleil.

- Et tu ne devras rien à personne non plus,
hein ? demande-t-elle.

Je hausse les épaules.

– S'ils disent que je leur dois quelque chose, alors c'est
peut-être le cas. Bien que je crois avoir payé mes dettes
il y a longtemps.

Elle détourne le regard de moi.

– Pourquoi est-ce une mauvaise idée ? demandé-je.
Qu'est-ce qui t'empêche de dire oui ?

En tournant la tête pour me faire face, elle plisse les
yeux.

- Tu veux connaître la vérité, Nicholas ? demande-t-
elle.

J'acquiesce.

– Je pense que tu me mens.

Mon cœur sombre.

J'avale.

Dur.

– À propos de quoi ? demandé-je.

– Je ne sais pas. Est-ce que tu me mens ?

– Non.

Je secoue la tête.

Je lève son menton vers le haut et je presse mes lèvres sur les siennes.

Elle essaie de s'éloigner, mais la serre contre moi.

Au bout d'un moment, elle m'embrasse en retour.

17

OLIVE

QUAND IL M'EMBRASSE...

D'ABORD, je me dégage.

Je ne veux pas qu'il m'embrasse parce qu'il y a tant de choses dont nous devons parler.

Plus nos bouches se touchent, plus je me souviens de la façon dont les choses se passaient entre nous quand nous nous sommes rencontrés.

Le feu qui semblait s'éteindre tout le temps quand je veillais Owen à l'hôpital se rallume soudainement.

Ses mains montent et descendent le long de mon corps et il me fait tourner la tête. J'oublie les millions de pensées qui me traversent l'esprit et je me laisse entraîner par mon côté primaire.

Il commence à me déshabiller.

Mes jambes commencent à devenir molles, mais je change de posture.

La pièce, qui me paraissait déjà chaude, est maintenant une fournaise.

Mon souffle s'accélère.

– Dis-moi d'arrêter, me dit-il à l'oreille.

Ses mots me surprennent et me font rire. Il se joint à moi.

– Jamais, dis-je en l'embrassant dans le cou.

Ses mains tirent mes vêtements et il glisse sa main sous ma chemise. Ses doigts sont chauds sur ma peau, mais des frissons me parcourent.

Je lève les yeux vers lui.

Nos regards sont rivés l'un sur l'autre.

Quand il cligne des yeux, je vois cette lueur d'or dans son iris.

Je ne veux pas qu'il arrête et je sais qu'il ne le veut pas non plus.

Il n'y a pas si longtemps, nous étions dans les bras l'un de l'autre, pourtant on a l'impression que cela fait un siècle.

Une mèche de ses cheveux tombe devant mes yeux.

Ma bouche s'assèche.

Je souffle sur la mèche au moment où Nicholas m'embrasse à nouveau.

Après m'avoir enlevé mon chemisier en le faisant passer par-dessus ma tête, il passe ses doigts le long de mon bras.

Ça chatouille et je souris.

– Dis-moi de continuer, murmure-t-il.

– Continue, je réponds.

Dans la chambre, nous nous allongeons sur le lit.

Je regarde la façon dont ses clavicules bougent légèrement avec chaque expiration.

Il soulève sa tête et regarde mes seins nus tout en dessinant de petits cercles dessus avec son doigt.

Je me lèche les lèvres.

Ma respiration s'accélère.

Il pose sa main sur ma poitrine pour sentir les battements de mon cœur avant de poser son oreille dessus.

Je le regarde écouter mon rythme cardiaque jusqu'à ce qu'il se stabilise. Ensuite, il tourna son visage dans ma direction pour m'embrasser.

Seulement en pressant ses lèvres sur les miennes, il redynamise tout mon corps. J'en ai la chair de poule et mes tétons durcissent.

Un feu qui était auparavant qu'une petite flamme s'embrase dans mon bas-ventre. Mes jambes s'écartent d'elles-mêmes.

Mes hanches ne m'écoutent pas. Elles montent et descendent à leur propre rythme.

Nous enlevons le reste de nos vêtements. Qui enlève quoi et quand, je n'en ai aucune idée, mais quelques instants plus tard, nous sommes couchés complètement nus l'un à côté de l'autre.

Nicholas pose son corps sur le mien.

Je fléchis les orteils.

Mon corps entier est en train de brûler pour lui et je dois garder cette excitation sous contrôle. Je le serre contre moi.

Je presse ma bouche contre la sienne.

– Je te veux en moi… maintenant, murmuré-je en lui mordant le lobe de l'oreille.

– Tes désirs sont des ordres, chuchote-t-il.

J'écarte bien les cuisses et je l'accueille à l'intérieur.

– Tu es si belle, dit-il encore et encore.

C'est l'homme le plus sexy que j'ai jamais vu, mais je suis trop absorbé par le moment pour dire quoi que ce soit.

Les muscles de son dos se dilatent et se contractent à chaque mouvement. En enfonçant mes mains dans sa chair, je le tire plus profondément en moi.

– Je…, je commence à dire.

Les mots sont pris dans le fond de ma gorge. Il ne m'entend pas, mais ce n'est pas grave.

Je sais ce que j'ai failli dire.

Je t'aime.

La phrase est si pure et si simple. Pourtant, quand j'ouvre à nouveau la bouche, rien ne sort.

- Est-ce que ça va ? demande Nicholas en me regardant.

– Oui, ça va.

Je me force un sourire.

- Tu es sûre que ça va ? s'assure-t-il.

Je l'embrasse et commence à bouger mes hanches.

– C'est plus que bon, murmurai-je en l'embrassant dans le cou.

– Ne joue pas avec moi, Nicholas. Je... tiens beaucoup à toi et je ne veux vraiment pas que tu me mentes.

Le mot tiens aurait dû être remplacé par aime, mais je n'arrive pas à le dire. Ce genre d'honnêteté m'échappe encore. Par contre, ma requête est vraie.

J'attends un moment qu'il me le dise, mais bien sûr, il

ne le fait pas. Au lieu de cela, il s'assoit et s'appuie contre la tête de lit.

Le drap repose bas sur son corps, juste en dessous de sa région pelvienne musclée. Ses six abdominaux se détendent et se contractent avec chaque respiration, ce qui me fascinant un instant.

Mon propre corps n'atteint pas la même perfection que le sien et pourtant, il me regarde exactement avec la même adoration.

– Je ne te mens pas, promet-il encore et encore.

Pourtant, cette sensation que je ressens au fond de moi ne s'apaise pas. Cela devient simplement plus mauvais.

– Alors, quel est le plan ? demandé-je, en sortant du lit. Comment faudrait-il procéder ?

– Je suis content que tu me poses la question, dit Nicholas dont les yeux s'éclairent. Un couple de personnes âgées vit dans une maison de cinq chambres et mille mètres carrés à Martha's Vineyard. Ils collectionnent les peintures depuis un moment et ils en ont un certain nombre. Ils ne sont pas particulièrement honnêtes.

Je lui fais un léger signe de tête.

C'est bien, je pense. Ce n'est pas bien de voler, mais c'est mieux de voler des voleurs.

– Est-ce qu'ils ont volé celui-là ?

– Non, ils ne volent pas, dit Nicholas.

Je me mords l'intérieur de la joue.

– Mais ils n'ont aucun problème à acheter sur le marché noir, précise-t-il. Je ne sais pas d'où vient ce tableau, mais je sais qu'ils ne l'ont pas payé à sa juste valeur.

Je ne peux pas m'empêcher de rire. Sa juste valeur ? Dans le monde de l'art ? Où tout est basé sur la perception et le scandale et qui sait qui et qui paiera quoi ?

- Il y a quelque chose de drôle ? demande Nicolas.

Je me ressaisis et hausse les épaules

– Non, pas vraiment. D'après ce que j'ai entendu dire du monde de l'art, ils aiment gonfler la valeur du travail, en quelque sorte.

Je le minimise autant que je peux, mais je sais que j'en ai trop dit.

- As-tu déjà fait cela auparavant ? demande Nicolas.

– Non, dis-je rapidement.

- Jamais ? insiste-t-il.

– Non, affirmé-je.

Je ne sais pas pourquoi je ne lui dis pas la vérité. C'est arrivé il y a si longtemps. Mais personne ne m'a jamais posé cette question auparavant. Et si je devais le dire à quelqu'un, ce serait à Nicholas Crawford. Il me regarde dans les yeux et attend. Je le fixe en retour et je pince mes lèvres.

– Pourquoi penses-tu que j'ai déjà volé des peintures ? demandé-je, riant à moitié. Tu as un dossier sur moi quelque part ?

– Non, du tout, dit-il. Je me posais seulement la question.

– Alors, donne-moi plus de détails sur ce travail.

Il passe en revue l'essentiel du plan.

Il y a coffre-fort au sous-sol dans leur cave à vin,

quelque part derrière les bouteilles, où ils conservent leurs peintures les plus précieuses.

Son but est de voler celle-ci pour son client, dont il refuse de me donner le nom.

– Et le pour le reste ? demandé-je.

– C'est là que ça peut devenir un peu plus intéressant.

– C'est-à-dire ? lui demandé-je même si nous connaissons tous les deux la réponse.

Une option est de seulement faire le job que le client nous a demandé. Le client nous paie cent mille dollars et c'est tout.

L'autre option consiste à prendre autre chose et à le vendre nous-mêmes.

C'est ce qui nous referait tous pour de bon.

Pas plus d'autres boulots.

Plus de clients.

Plus de harceleurs ni de dettes.

Nicholas refuse de me le dire, mais il n'a pas autant d'argent qu'il le prétend.

Il n'est pas bloqué, il n'existe tout simplement pas.

Je pensais que je serais furieuse de découvrir cela.

Mais maintenant, je viens d'intérioriser l'information et je la laisse glisser sur moi.

Il n'a peut-être pas l'argent maintenant, mais c'est un homme de ressources, ce qui signifie qu'il ne sera pas fauché longtemps.

C'est probablement pour cette raison que je ne lui en veux pas vraiment.

Ou peut-être que c'est parce que j'ai moi aussi ma part de secret que je ne lui ai pas dévoilé et que je sais ce que ça fait que de garder des choses pour soit.

– Tu veux prendre d'autres peintures aussi, hein ? m'informé-je.

Il me fait un clin d'œil.

– Ce serait vraiment bien d'avoir quelqu'un du métier qui connaît un truc ou deux sur le vol d'œuvre d'art, dit-il.

Je jette mes cheveux en arrière, et les soulèvent un peu pour leur donner du volume et les dégage de mon visage. Je passe mes doigts dedans pour les assouplir et je me détourne du miroir pour le regarder à nouveau.

– Ouais, ça aiderait, finis-je par dire.

Nos regards se fixent quelques instants.

Il insinue quelque chose.

Je refuse de m'engager.

Il ne me dira pas qu'il m'aime.

Je ne lui dirai pas que je l'aime.

Il ne me dira pas qu'il n'a pas d'argent.

Je ne lui parlerai pas de mes vols de peintures que j'ai faits par le passé.

- Alors tu te joins à moi ? demande Nicolas.

18

OLIVE

QUAND ON FAIT UN COMPROMIS...

J'Y PENSE UN INSTANT. Je ne veux pas avoir *envie* de le faire, mais je mentirais si je disais que ce n'était pas le cas.

Soudain, j'ai une démangeaison à gratter à nouveau.

Mais cette offre est aussi plus que cela. Ce serait une voie de sortie. Nous aurions assez d'argent pour disparaître. Tous ensemble.

Ça, c'est une idée ! La seule personne qui n'a pas besoin de raison de fuir, c'est moi et pourtant, si je veux garder à la fois Owen et Nicholas dans ma vie, partir ensemble est la seule solution.

Nicholas a tout prévu.

Je lui demande de revoir les détails deux fois pour s'assurer que tout semble juste.

Ce qu'il se passe avec ce genre de plan est qu'il faut penser à tout ce qui pourrait mal se passer.

Il ne suffit pas de définir les étapes, vous devez également préciser les étapes de tout ce que vous feriez si une centaine de choses se passaient males et vous empêchant d'atteindre votre objectif.

— Nous avons besoin d'Owen, dis-je.

— Est-ce que ça veut dire que tu es partante ?

— Oui, s'il l'est aussi.

Il n'est pas content d'entendre cela.

Je ne suis pas surprise.

— D'accord, écoute-moi. Nous avons besoin d'une troisième personne et nous le faisons en partie pour lui. Alors, quel est l'intérêt de partager le butin avec un étranger quand c'est à lui que ça profiterait ?

— C'est difficile de discuter avec lui, dit-il après un moment.

Je laisse échapper un soupir de soulagement.

– Mais je vais essayer, ajoute Nicholas. Owen me déteste.

J'attends qu'il en dise plus, mais il ne le fait pas.

– Alors ?

– Alors ? N'est-ce pas assez ?

J'inspire profondément.

– Non, ce n'est pas le cas, dis-je finalement. Habituellement, ça le serait, mais pas cette fois-ci.

– Pourquoi ?

– Ne vois-tu pas que je suis coincée entre vous deux ici ? C'est mon frère et tu es mon petit ami. Vous avez tous les deux des raisons de vouloir disparaître, pas moi, mais si je veux vous garder dans ma vie nous devons disparaître ensemble. Tous les trois.

Il me dévisage comme si j'avais dit quelque chose de complètement ridicule, mais nous savons tous les deux qu'il y a réfléchi à de nombreuses reprises.

– Tu pourrais disparaître de ton côté et il pourrait faire pareil et tu n'aurais plus jamais à t'occuper de nous, mais si tu me veux, nous devons le faire ensemble.

Nicholas se frotte les tempes et regarde au loin, quelque part derrière moi.

– Ce n'est pas vraiment ton frère, dit-il après un moment.

– Cela ne change pas notre histoire. Cela ne change pas ce que je ressens pour lui.

– Ça change ce qu'il ressent pour toi, Olive. Il est amoureux de toi.

– Je me fiche de ça, dis-je rapidement en essayant de changer de sujet. Il ne m'a rien dit à ce sujet et il est seulement un frère à mes yeux.

Secouant la tête, Nicholas serre les poings jusqu'à ce que ses jointures deviennent blanches.

Je m'en tiens à cela pour l'instant. Tant qu'il ne rejette pas complètement la proposition, cela me suffit. Maintenant, j'ai un autre problème à résoudre : convaincre Owen de se joindre à nous.

Cet après-midi, je vais à la rencontre d'Owen dans une

librairie. Je n'étais pas entrée dans une librairie depuis une éternité et j'avais oublié combien l'odeur et la sensation du papier sous mes doigts m'avaient manqué.

C'était son idée de se retrouver ici et j'y arrive une demi-heure plus tôt pour parcourir les étalages.

Il n'y a rien de tel que de se perdre dans une librairie.

Je me fraye un chemin à travers les allées, prenant des livres d'auteurs que j'avais oubliés et jaugeant les livres, non seulement à leur couverture, mais aussi à la taille de la police et à la texture des pages.

Je recherche certains de mes auteurs préférés, ceux que j'ai découverts sur Amazon, mais ils sont bien sûr introuvables.

Puisqu'ils sont tous publiés de manière indépendante, peu, ou pas, de chaînes de librairies stockent ces titres. C'est probablement pour cette raison que si peu de lecteurs de livres électroniques prennent la peine d'aller dans de vraies librairies. Pourquoi le feraient-ils ?

C'est vraiment dommage parce que ces lecteurs lisent au moins deux livres par semaine.

Pourtant, je trouve l'issue satisfaisante.

Je me perds dans le résumé d'un auteur féminin dont je n'avais jamais entendu parler et je suis heureux lorsque les mots de la première page s'écoulent facilement et rapidement m'obligeant à tourner la page, puis la suivante.

– Hé, je te cherchais, s'exclame Owen, se cognant contre mon épaule et me sortant de ma transe profonde.

Alors que je ferme le livre en plaçant mon doigt entre les pages où j'ai interrompu ma lecture, la lumière au-dessus de ma tête semble devenir plus intense, de même que les bruits du brouhaha autour de moi.

– J'étais absorbé par l'histoire, avoué-je.

– Je comprends totalement, dit Owen en me montrant ses trois livres en grand format.

– Tu vas les prendre ? demandé-je. Parfaitement consciente du coût que ces volumes représentent.

Je suis tenté de regarder rapidement les prix sur mon téléphone et de lui commander les livres sur Amazon, mais je résiste.

Je ne vais pas faire partie de ce *type* de personnes.

Nous avons trouvé les livres dans ce magasin, nous allons donc payer les prix indiqués.

Ne pas le faire conduirait au problème exact qui se pose partout en Amérique : la fermeture de toutes les librairies et les gens achèteront leurs livres seulement en ligne.

– Puis-je t'offrir une tasse de café ? demandé-je. Je dois te parler de quelque chose.

19

OLIVE

QUAND ON SE BAT...

Le son de la machine à moudre les grains de café m'agace alors que nous faisons la queue derrière deux adolescentes bavardes.

Owen me fait un sourire chaleureux alors qu'il me demande si j'ai lu de bons livres dernièrement.

Je penche la tête et laisse échapper un petit haussement d'épaules.

Je déteste l'admettre, mais je suis un peu gênée de lui dire ce que je lis.

Bien que les romans d'amour soient parmi les livres les plus populaires, ils sont associés à de nombreux préjugés. Même ceux qui les apprécient les présentent souvent comme mauvais ou leur donnent d'autres adjectifs peu flatteurs.

À une époque, je partageais cette opinion. Il fut un temps où je ne lisais que des livres d'auteurs acclamés par la critique et approuvés par les pontes de l'industrie de l'édition.

Ensuite, je suis tombée sur un tout autre monde de fiction dont j'ignorais complètement l'existence.

Un monde où les écrivains ne sont pas censurés par les éditeurs et écrivent et publient les livres qu'ils veulent.

Certains laissaient beaucoup à désirer, mais d'autres dépassaient toutes mes attentes.

Owen et moi avons parlé de beaucoup de choses pendant son séjour en prison, mais jamais de cela.

Après avoir commandé un latté, je lui énumère une liste de livres dont je ne lui ai jamais parlé.

– Oh, je n'ai jamais entendu parler avant, dit-il. Est-ce que je peux les trouver ici ?

Je secoue la tête et explique que ces livres ne peuvent être trouvés qu'en ligne.

Sortant mon téléphone, je lui montre les couvertures.

Certaines sont ornées d'objets et de paysages, mais la plupart d'entre elles le sont d'hommes torse nu.

Owen commence à rire.

– D'accord, je ne t'aurais pas montré ça si je pensais que tu te moquerais de moi.

À en voir sa réaction, il ne comprend réellement pas à quel point il m'a été difficile de me mettre en avant et de partager.

Je m'en veux de l'avoir fait.

Je suis ici pour le convaincre de faire quelque chose qu'il ne voudra pas faire et au lieu de créer une atmosphère qui le conduirait à dire oui, je me mets des bâtons dans les roues.

– Allez, Olive, dit Owen quand nous nous asseyons dans le café. Peut-être que ces livres sont ton petit plaisir inavouable, mais tu ne les lis pas vraiment comme tu lirais de la vraie littérature.

Cette déclaration me fait bouillir.

Mes joues deviennent rouges et mes yeux se plissent.

– Tu ne sais pas de quoi tu parles, Owen, dis-je du tac au tac. Ces livres sont aussi bons que ceux que tu lis.

Ce n'est pas parce qu'ils ont des hommes torse nu sur les couvertures qu'ils sont mon petit plaisir inavouable.

– D'accord, dit-il en levant les mains. Je ne voulais pas que tu te sentes offensée.

Debout, je repousse ma chaise.

Il y a un grand bruit de crissement sur le carrelage et tout le monde autour de nous lève les yeux.

– Je n'ai pas besoin que... tu me juges, murmuré-je et je me dirige vers la porte.

Je fulmine et je serre les poings.

Je suis à mi-chemin du coin de la rue avant qu'Owen arrive à me rattraper.

Le sang me bat si fort aux tempes que je l'entends m'appeler seulement au moment il m'attrape l'épaule.

– Olive, je suis désolé. Je suis vraiment désolé.

Les larmes qui me montaient aux yeux s'échappent et me coulent sur les joues.

Elles sont moins liées avec la scène de la librairie qu'au stress auquel je suis soumise ces dernières semaines.

Les quelques dernières nuits blanches ne m'ont pas aidé à réguler mon état émotionnel.

– Oh, mon Dieu, Olive, me dit Owen en me prenant dans ses bras. Je suis vraiment désolé. Je ne le pensais pas. Je suis vraiment désolé.

Ses mots sont étouffés par mes sanglots.

Je le laisse me serrer contre lui un moment avant d'avoir enfin la force de m'éloigner.

– Non, je suis tellement stupide. Cela n'a rien à voir avec ça. Je me sens vraiment... fragile avec tout ce qui se passe.

– Quand bien même, je n'aurais pas dû dire ces choses. La lecture est tellement personnelle et les choses qui m'attirent sont différentes des tiennes. Le type de livres que nous lisons est intimement lié à nos vies et à nos expériences. Je n'avais aucun droit de te dire de telles choses.

Pour une raison que j'ignore, ses excuses font couler mes larmes encore plus vite.

Bien que je les essuie sans relâche, elles continuent de couler.

– Cela n'a rien à voir avec toi, je marmonne en me frottant les yeux avec le dos de la main. Je me sens si bête. Pourquoi je n'arrive pas à arrêter de pleurer ?

Owen lève mon menton et serre mon visage dans ses paumes.

Il me regarde dans les yeux et je commence soudain à me sentir mieux.

Il me voit pour la personne que je suis. Toutes ces lettres pendant toutes ces années n'étaient pas inutiles.

La connexion entre nous est réelle.

Et puis soudainement, quelque chose change.

Il est difficile de mettre des mots sur ce qu'il se passe, mais c'est comme s'il ne me regardait plus comme un frère regarde sa sœur.

Il y a une nouvelle profondeur dans notre regard.

C'est la première fois que je sens qu'il veut quelque chose de plus de moi. Je fais un pas en arrière.

Puis, mes larmes s'assèchent.

Il baisse les yeux et remue les pieds. Je me rends compte que ma mère me disait la vérité.

Owen a des sentiments pour moi qui vont au-delà de ceux d'un frère pour sa sœur.

Je me mords la lèvre inférieure, essayant de décider comment réparer ce gâchis que j'ai créé.

J'aurais simplement dû lui dire ce que je devais lui demander.

Nous n'avons pas beaucoup de temps et nous n'avons certainement pas le temps de régler quelque chose d'aussi complexe.

Non, la meilleure chose est de mettre ça de côté.

Je n'ose pas en parler et mettre ça au grand jour.

J'ai besoin qu'il nous aide pour le boulot et pour qu'il parte avec nous. Si je le laisse aborder ses sentiments envers moi, alors je gâcherais tout.

20

OLIVE

QUAND JE LUI DEMANDE...

JE RESPIRE ET ME FORCE À RASSEMBLER MES PENSÉES. Owen continue d'essayer de me parler de ce qui s'est passé dans la librairie.

Je me force à sincèrement accepter ses excuses et à orienter rapidement la conversation vers autre chose.

– Allons faire un tour, je dois te parler de quelque chose, dis-je et je commence à marcher.

C'est une place comme une autre. Un tas de grandes chaînes de magasins avec des parkings qui partent dans toutes les directions.

Un parc aurait été une meilleure option, mais pour y aller, il aurait fallu retourner dans la voiture.

Non, ça ira.

Certaines personnes marchent d'un pas sûr vers les magasins depuis leur voiture et d'autres poussent de grands chariots surchargés de sacs vers leur véhicule.

Nous sommes complètement en public, mais personne n'entendra ce que nous nous disons parce que les gens ne sont pas là pour écouter.

Je ne sais pas par où commencer, mais je ne veux plus attendre. Je saute simplement le pas.

— J'ai besoin de ton aide, dis-je.

Owen hoche la tête et attend que je continue. Je prends une profonde inspiration et j'expose le plan.

Il écoute attentivement, enfouissant ses mains dans les poches de sa veste.

- Tu penses que nous devrions nous enfuir ? demande-t-il. Ensemble.

J'avais présenté le plan avec en présentant les détails principaux, je n'avais mentionné cette partie que brièvement, mais c'est bien sûr la chose sur laquelle il se concentre.

- Tu ne crois pas ? dis-je. Ils ont essayé de te tuer une fois. Ils vont retenter de le faire.

Owen s'éclaircit la gorge.

- Et maman ? demande-t-il.

Je secoue la tête.

Sa question me met en colère.

Elle lui a à peine rendu visite en prison ou à l'hôpital, mais elle reste sa première préoccupation lors des prises de décisions concernant sa vie.

Mais dire tout cela à voix haute ne le convaincra pas de le faire plus facilement.

– Qu'en est-il de ta vie ? demandé-je en pivotant vers lui. Tu dois sortir d'ici si tu veux rester en vie. Au moins pour un moment.

Il hausse les épaules.

– On peut le dire à maman plus tard. Tu pourras l'appeler et lui dire que tu vas bien, mais sans lui mentionner où tu es. Pour sa sécurité. Au cas où quelqu'un viendrait chez elle te chercher.

Owen s'arrête de marcher et tape du pied à nouveau en réfléchissant.

- Et si on partait ensemble ? demande-t-il en me regardant avec ses grands yeux.

Mon corps se tend.

Il ne me regarde plus comme un frère, mais j'essaie d'éliminer ce sentiment.

— Je ne peux pas partir avec toi et laisser Nicholas, dis-je sévèrement.

— Pourquoi ?

— C'est mon petit ami et je l'aime.

Contrairement à avant, le mot « aime » vient facilement et sans grande fanfare. Cela me surprend, mais Owen ne le remarque pas.

— Allez, Olive. Vraiment ? Tu vas passer le reste de ta vie avec lui ?

— Je ne sais pas ce qui va se passer dans le futur, j'admets. Mais je suis avec lui maintenant et c'est ce que je veux.

J'aimerais que ce ne soit pas si compliqué.

Une partie de moi veut juste fuir avec Nicholas et oublier Owen et ma famille complètement dérangée.

Pendant un instant, je suis tentée de suggérer quelque chose d'impensable.

Et si on avait de l'argent et qu'il l'utilisait pour disparaître tout seul ? Il pourrait commencer une nouvelle vie quelque part.

Rencontrez une gentille fille.

Tomber amoureux.

Peut-être, avoir des enfants.

Personne ne saurait jamais qu'il a purgé une peine de prison.

Cela pourrait être sa nouvelle ouverture. Par contre, en le regardant dans les yeux, je sais que si je le disais à voix haute, je le briserais.

Il ne veut pas commencer une nouvelle vie quelque part parce que cela voudrait dire qu'il serait loin de moi.

Si je ne pars pas avec lui, il ne partira pas.

Il ne verra aucune raison de partir et ils lui feront du mal.

La vérité est que malgré le fait que nous ne soyons pas liés par le sang, Owen est ma famille. Je ne pourrais pas vivre avec l'idée que je n'ai pas tout fait pour le protéger.

— Tu dois nous aider à le faire, dis-je aussi fermement que possible. Nous avons besoin d'une autre personne et tout ce que nous obtenons te profitera directement, donc tu es le meilleur homme pour ce travail. Ensuite, nous aurons assez d'argent pour ne plus avoir à travailler. Nous aurons de nouvelles identités. Et tu pourras aider maman plus que tu ne le peux maintenant. Mais surtout, tu pourras t'en sortir.

Owen bouge sa mâchoire d'un côté à l'autre pendant qu'il réfléchit à ma proposition.

— Et ma libération conditionnelle ?

— C'est le problème, dis-je. Si tu t'enfuis, ils mettront un mandat d'arrêt contre toi. Et s'ils t'attrapent, ils te renverront en prison.

— Cela ne me paraît pas génial, admet-il.

— Mais s'ils ne t'attrapent pas, tu ne devras plus jamais

te présenter devant un agent de libération conditionnelle. Tu seras un homme libre, à partir de maintenant.

Je ne peux pas croire que je défende cette idée, mais c'est le seul moyen de s'en sortir.

— Si tu restes à Boston, tu risques de te faire tuer. Si tu fais ce job et que tu t'enfuis, le seul risque que tu encours est de retourner en prison.

— C'est tout un casse-tête, dit-il au bout d'un moment.

— Tu sais que je ne suggérerais pas cela si je pensais que tu avais un autre moyen de t'en sortir.

Nous nous tournons dans une ruelle entre Walmart et Bed Bath & Beyond.

Le vent se lève et nous nous adossons contre le mur imposant sans fenêtre. Une voiture isolée passe devant nous, ralentissant brièvement au stop.

— De combien d'argent parlons-nous ? s'informe Owen.

Quand je me tourne vers lui, je vois un grand sourire se dessiner sur son visage.

21

NICHOLAS

QUAND ON COMMENCE...

J'ai du mal à croire qu'Owen ait vraiment accepté de faire ce coup avec nous alors même que j'attends leur arrivée ici.

La chambre que j'ai louée est dans un hôtel trois étoiles sans prétention, destiné aux responsables de la classe moyenne qui passent beaucoup de temps dans les aéroports.

Il n'y a pas de plexiglas à l'épreuve des balles, mais il n'y a pas non plus de concierge.

Le lobby est petit et meublé de vinyle. Le café est froid.

La chambre est assez jolie, mais il n'il n'y a pas de portier ni de service en chambre. Je m'assieds sur le canapé à côté du lit et allume la télévision.

Je grince des dents au bruit que fait le canapé au moindre mouvement que je fais, même le plus petit, et je tape des doigts sur mes cuisses.

Quand elle frappe, je saute de mon siège et je réalise alors seulement à quel point je suis nerveux.

Je prends une profonde inspiration avant d'ouvrir la porte pour me calmer. Cela ne fonctionnera que si on est assez confiant pour le faire les yeux fermés.

– Entrez.

J'ouvre la porte et me détourne rapidement d'eux.

Je me dépêche de retourner à la table de la salle à manger à côté du canapé et me plonge dans les papiers que j'avais étalés dessus.

– Merci d'être venus, dis-je en prenant la feuille du dessus et en l'examinant de près.

J'ai obtenu tous les plans directement d'Art et aucun d'entre eux n'a besoin d'être écrit.

Pour montrer que j'ai fait des recherches, je les ai couverts de différentes notes et j'ai rayé certaines de mes annotations.

Olive jette un coup d'œil sur mon travail et prend quelques feuilles pour les examiner de plus près.

– Je n'arrive pas à lire ça, annonce-t-elle.

Comme ils ne sont pas faits pour être lus, je souris à l'intérieur.

Owen se jette sur le canapé qui explose dans une cacophonie de grincements aigus, ce qui ne semble pas le déranger du tout.

– Belle chambre, dit-il sans ironie.

– Merci, dis-je en hochant la tête. Et merci d'être venu.

– Je suis venu entendre ce que tu as à dire, c'est tout.

Cela me prend par surprise. Je redresse mes épaules et ajuste ma posture.

– Quoi ? demandé-je à Olive.

Elle ne dit rien alors je le regarde.

Un autre regard vide.

– Je pensais que tu étais partant, dis-je finalement.

– Non, j'ai besoin d'entendre le plan d'abord.

Je secoue la tête.

- Qu'est-ce qui ne va pas ? demande Olive.

– Ça ne se passera pas comme ça, dis-je en secouant la tête.

- Pourquoi ? demande-t-il.

– Tu ne peux pas entendre le plan sans t'engager d'abord

– Je ne peux pas prendre part à tout ça sans un plan solide.

– J'ai un bon plan. Tous mes plans le sont, j'insiste.

- Tu veux que je fasse partie du coup ? demande Owen en se levant.

– Non, pas vraiment, dis-je. Mais puisqu'une partie de l'argent va te revenir, je pense que tu devrais contribuer.

- Tu sais quoi ? dit-il en faisant un pas vers moi.

Au lieu de reculer, je fais un autre pas vers lui.

- Non quoi ? dis-je en élevant la voix.

– Je n'ai pas besoin de ça. Je n'ai pas besoin de toi.

– Et je n'ai pas besoin de toi non plus. Je *te* rends service, mec !

– Va te faire foutre !

Il fait un pas de côté puis frappe son épaule contre la mienne.

La colère qui bouillait sous la surface explose soudainement. Je serre le poing et le frappe au nez.

Il grimace de douleur et quand il retire la main de son visage, je vois qu'elle est couverte de sang.

– Aggh ! crie-t-il et se jette sur moi.

La force de son corps me pousse au sol et je tombe sur le dos.

Une seconde plus tard, je reçois le premier coup de poing au visage.

Puis un autre et un autre.

Je perds mon souffle temporairement et ma poitrine se contracte alors que je lutte pour respirer.

J'entends une voix stridente qui crie quelque part autour de nous, mais ses mots sont étouffés par le bourdonnement dans mes oreilles.

Je ne sais pas comment, mais je réussis à retourner la situation et je me retrouve sur lui.

Je le frappe plusieurs fois et la sensation de mon poing qui frappe son visage est agréable.

Après quelques coups de plus, mes doigts commencent à faire mal, mais je continue.

- Lâche-le ! me crie-t-elle dans l'oreille au moment même où elle me frappe avec quelque chose de dur.

Ma tête commence à tourner et mon corps vacille.

J'essaie de m'éloigner d'Owen, mais au lieu de cela, je m'effondre sur le sol.

– Tu allais le tuer. Je l'entends dire quand mes yeux s'ouvrent et que je parviens à me concentrer sur son visage. Vous alliez vous tuer tous les deux.

Ma tête me fait mal et je suis allongé sur le lit.

Elle continue de répéter ce qui s'est passé comme si je n'étais pas là ou comme si ça allait me réconforter.

Owen est allongé sur le canapé, la main sur le visage.

Comme la plupart des altercations physiques, notre combat n'a rien arrangé, mais il nous a permis de nous défouler un peu.

Nous avons tous les deux reçus de bons coups.

Les élancements dans mon visage et ma main droite en témoignent.

Puisque nous sommes tous les deux sur le dos, Olive prend les choses en main.

– Cela ne marchera pas si nous ne coopérons pas, dit-elle, debout au milieu de la pièce. Nous avons tous besoin les uns des autres.

– Je ne commencerai pas une nouvelle vie avec cet enfoiré, marmonne Owen.

Ma poitrine se serre.

Il n'a pas besoin de moi autant que moi de lui, mais ma seule consolation n'est qu'aucun d'eux ne le sait.

Si je peux obtenir ce tableau, je n'aurai plus à travailler

pour le FBI et je ne pourrai recueillir aucune preuve contre lui. Je n'aurai plus à me soucier de rembourser les dettes que la pègre pense que je leur dois.

Bien sûr, je peux le faire moi-même et disparaître, mais je veux qu'Olive vienne avec moi. Et la seule façon pour qu'elle le fasse c'est qu'Owen vienne avec nous.

Je sais tout cela et j'ai ressassé ça des milliers de fois. Je continue à chercher une issue, mais je ne trouve rien.

– Je suis prêt à parler de ça dès que tu l'es, Olive, dis-je en me forçant à me lever.

J'ai des élancements dans tout le corps et j'ai des douleurs partout, mais je n'ose pas émettre le moindre son.

Mon annonce attire l'attention d'Owen.

Maintenant, c'est lui qui semble ne pas coopérer.

Maintenant, il ressemble au connard que je sais qu'il est.

- Quel est le plan ? demande Olive.

Je me dirige vers la table de la salle à manger et ramasse les notes que j'ai griffonnées.

Je suis sur le point d'ouvrir la bouche lorsque je me rappelle qu'Owen me doit toujours une promesse.

– Je ne peux entrer dans aucun de ces détails sans qu'il s'engage à faire ce travail avec nous, dis-je aussi calmement que possible.

22

NICHOLAS

QUAND ON RECOMMENCE...

J'ADRESSE MES MOTS À OLIVE.

C'est elle qui est au milieu.

Elle est la médiatrice en mesure de faire bouger les choses. Je me retourne pour lui faire face et attends.

C'est à son tour à présent. Elle se dirige vers Owen qui s'assied sur le canapé avec un air contrarié mais abattu.

Il croise les bras et les jambes et se s'éloigne le plus possible de tout ce qui l'entoure.

Je veux leur laisser un peu d'espace mais il n'y a nulle part où aller. Je fais quelques pas en arrière puis disparais dans la salle de bain. Avec la lumière allumée et le ventilateur en marche, je n'arrive pas à entendre ce qu'ils disent.

Mais lorsque je sors, un début de sourire est perceptible aux coins de la bouche d'Olive. Je laisse échapper un petit soupir de soulagement.

Sans insister avec des excuses ou une explication, j'accepte son signe d'assentiment comme un signe de sa présence.

– Le couple à qui appartient la peinture est dans la soixantaine avancée. Ils habitent dans une maison d'une superficie de quatre cent soixante mètres carrés avec cinq chambres à Martha's Vineyard. Ils ont plusieurs peintures dans leur collection, dis-je.

– Comment en sont-ils arrivés là ? demande Olive.

– Je ne suis pas sûr. Le mari travaillait dans un fonds de couverture et la femme appartenait aux échelons supérieurs d'une grande entreprise pharmaceutique. Ils sont tous deux partis à la retraite avec des millions.

– As-tu déjà fait quelque chose de ce genre avant ? demande Owen.

Ses mots sont déchiquetés et impolis, mais j'ai choisi d'ignorer le ton.

— Non, je n'ai jamais pris de peinture auparavant, dis-
je calmement.

— Qu'est-ce qui te fait penser que tu peux le faire alors
? il me nargue.

— Owen, s'il te plaît. intervient Olive. Je veux écouter
le plan.

— Même si Monsieur et Madame Linchfield sont
riches, ils n'ont pas acheté ces peintures à des
marchands d'art réputés ni à des galeries.

Olive me regarde avec stupéfaction.

— Les tableaux sont volés et ils les ont achetés à leurs
contacts sur le marché noir, poursuivis-je.

— C'est eux qui te paient ? demande Olive. Les gens à
qui ils ont dérobé la peinture ?

J'avale fort.

C'est exactement ce que dit Olive, selon Art. Ce serait
une coïncidence si cette histoire se passait de la même
façon.

— Non. Je secoue la tête. Je ne pense pas.

L'histoire n'est pas tout à fait vraie, mais c'est assez

pour qu'Olive soit de mon côté.

Ils attendent que je continue.

J'essaie de trouver le meilleur moyen d'organiser et de présenter les détails que Art m'a donnés.

– La peinture que nous voulons s'appelle *Dark Blue Mirror* d'Alexandra Blur, poursuivis-je. Il s'agit d'une grande toile bleu foncé.

Je sors le tableau sur mon téléphone et le leur montre. Son site web le mentionne comme étant estimé à sept cent mille dollars.

– Attends une seconde, dit Owen. Sept cents pour ça ? Juste un peu de peinture bleue tout autour et c'est tout ?

Je penche la tête d'un côté.

– C'est le monde de l'art, Owen, dit Olive.

– Mais ça n'a aucun sens !

– Eh bien, c'est comme ça. Elle hausse les épaules. Je ne sais pas quoi te dire.

– Alors, est-ce que je peux peindre cela et obtenir autant d'argent ? demande-t-il, furieux.

– Non. Elle rit.

– Pourquoi pas ?

– Parce que... tu n'es pas un artiste. Tu ne dis rien.

– Il y a des gens qui meurent de faim dans le monde, travaillant des centaines d'heures juste pour mettre de la nourriture sur la table et quelqu'un dépense ce genre d'argent pour cette merde ?

Je déteste l'admettre, mais il a raison.

Je ne connais pas grand-chose au monde de l'art moderne mais les prix pour la qualité du travail sont exorbitants.

Cela ne semble pas avoir de rapport avec la peinture, mais plutôt avec le peintre et la valorisation des investisseurs.

– C'est comme le marché immobilier, déclare Olive. – Il y a dix ans, les maisons coûtaient deux cent mille dollars et maintenant elles en valent six. Le marché le considère comme tel, alors c'est ce qui se passe. »

– Ok, je vois, dit Owen. – Mais ce sont toujours des putains de maisons, Olive. Ce n'est pas une immense toile peinte d'une seule couleur. Il y a une certaine valeur et vous pouvez y vivre. »

Il attend qu'elle dise autre chose mais elle lève les mains au ciel.

– Est-ce que je me trompe ? demande Owen. Je veux dire, vraiment, ais-je tort ?

Encore une fois, elle ne dit rien.

– Nicholas ? demande Owen en me tendant une perche, pour la première fois depuis que je le connais.

– C'est vraiment ridicule, je suis d'accord.

– Merci ! C'est tout ce que je voulais entendre.

– Mais ça ne veut pas dire que ça n'en vaut pas la peine, dis-je. Et que nous n'allons pas obtenir un beau pactole d'argent quand nous le prendrons.

– Ce n'est pas ce que je suis en train de dire. Je voulais juste entendre que je ne suis pas fou de penser que c'est une somme exorbitante pour payer quelque chose comme ça.

Cette conversation allège un peu l'ambiance et nous réussissons à nous faire quelques sourires.

Je continue de passer en revue les détails, qui sont beaucoup plus généraux que ce que j'aurais voulu.

Art m'a promis qu'il s'occuperait de toute la planification, mais le problème est qu'il pense qu'il est suffisant de me donner l'adresse et l'emplacement de leur coffre-fort.

Alors que je raconte tout ce que je sais sur le plan, Olive décide rapidement que cela ne suffit pas et qu'il faut faire davantage de recherche.

Tenté de la combattre, je décide de ne pas le faire.

Je ne fais pas ce travail pour le compte du FBI et si on se faisait prendre, Art se débarrasserait de moi.

Olive est la seule à posséder une véritable expérience du vol d'art. Si elle pense que nous devons faire plus de travaux préparatoires, c'est ce que nous ferons.

23

OLIVE

QUAND ON SE PRÉPARE...

La maison de Linchfield est située au bout d'un cul-de-sac dans une rue avec seulement trois autres maisons.

Les lotissements sont spacieux et vastes, recouverts d'une végétation épaisse les séparant de leurs voisins.

Au début, je pensais que nous aurions à faire face à des portes et des gardes, mais aucun d'entre eux n'est présent.

Il n'y a pas non plus de voisins en vue.

Cela fait quelques jours que je jalonne cette maison et je n'ai jamais vu une seule personne allant ou venant dans cette rue.

Martha's Vineyard est connue pour être un terrain de

jeu estival pour les riches new-yorkais, mais l'isolement de cette rue me prend même par surprise.

Je suis tentée de penser que ce sera un travail beaucoup plus facile que je ne l'imaginais au départ, mais faire preuve de laxisme ou de paresse n'est pas permis.

Voler près de trois quarts d'un million de dollars d'art n'est une chose à ne pas prendre à la légère.

Après l'altercation initiale dans cette chambre d'hôtel, Owen et Nicholas semblent bien s'entendre.

Owen se comporte bien. Il n'a fait aucune de ses remarques habituelles.

Je l'apprécie bien plus qu'il ne l'imagine, mais je déteste devoir choisir un camp et me retrouver coincée au milieu des deux.

Nous avons planifié le vol pour ce soir, au coucher du soleil.

La peinture est grande et nous aurons besoin d'une voiture pour la sortir de la zone.

Mais par peur d'être repérés, j'ai décidé qu'Owen devrait nous attendre loin d'ici.

Il n'est pas trop tard pour que Owen ait l'air suspect d'attendre dans un fourgon avec l'inscription « Plomberie Thompson » sur le côté.

Au cas où quelqu'un le lui demanderait, il jouerait le rôle d'un plombier frustré parlant au téléphone avec frénésie afin obtenir des pièces qui auraient déjà dû arriver.

Il nous attendra dans l'allée d'une maison vide, une rue plus loin, et nous transporterons le tableau dans le ravin entre les deux maisons et nous dirigerons directement dans sa camionnette.

Le plan n'est pas parfait.

J'aimerais savoir exactement quel genre de coffre-fort ont les Linchfield et avoir plus de temps pour réfléchir aux éventuels problèmes qui pourraient survenir.

Malheureusement, les propriétaires rentrent à la maison ce week-end et nous sommes à court de temps.

Après avoir revu les plans tard dans la nuit, nous les réexaminons quelques fois de plus durant le trajet.

Tout le monde semble prêt en apparence.

Nous sommes tous bien caféinés, les vessies vides et les visages stoïques.

Tremblant à l'intérieur, je cache ma nervosité derrière une couche de vêtements d'entraînement et enfouis mes mains tremblotantes dans les poches de mon sweat à capuche.

Owen est vêtu d'un uniforme de chez « Plomberie Thompson » avec un faux nom brodé à l'avant.

La boutique n'aurait été en mesure de le fournir que demain, mais avec un petit coup de pouce et un pourboire de cent dollars, l'adolescent prétentieux qui gérait le bureau a été capable de trouver une solution.

Quand je lui ai tendu la chemise ce matin, j'ai évité d'entrer dans les détails.

Le pourboire exorbitant l'aurait mis en colère et il se concentrerait sur sa rancune au lieu de la tâche à accomplir.

Owen tourne autour du cul-de-sac, ne ralentissant que brièvement pour que Nicholas et moi puissions ouvrir la porte et glisser.

Nous nous précipitons à l'arrière de la maison, sachant

que les propriétaires des deux maisons adjacentes ne seront pas ici avant deux mois.

Mais, on n'est jamais trop prudent.

Je répète sans cesse notre histoire de couverture au cas où quelqu'un nous arrêterait.

Nous nous entraînons pour la course sauvage de 10 km, une course locale qui se déroulera dans deux semaines et qui obligera les concurrents à parcourir une distance de dix kilomètres dans les bois et sur un sol inégal. Le ravin derrière la maison de Linchfield est l'espace idéal pour l'entraînement.

Nicholas prend le verrou sur la porte arrière. Il ne lui faut que quelques secondes pour remuer l'outil en métal pour le déverrouiller.

Maintenant c'est mon tour.

J'ai déjà inspecté la porte et je sais que le système de sécurité utilisé est magnétique.

C'est une petite boîte en métal et le capteur a deux parties.

L'un est fixe et l'autre est attaché à la partie mobile de la porte.

L'idée est que lorsque la connexion magnétique entre les deux parties du capteur est rompue, l'alarme s'active.

Je sors de ma poche un aimant que j'ai acheté dans un magasin à un dollar à proximité.

C'est un aimant de réfrigérateur emoji avec un visage souriant, mais il devrait faire l'affaire.

Je fais glisser l'aimant sur le capteur à travers la petite fente du cadre de la porte.

Une fois qu'il se fixe, je retiens mon souffle et ouvre la porte. Une vague de soulagement m'envahit lorsque l'alarme ne sonne pas.

– Bon travail, chuchote Nicholas.

La porte nous mène à une cuisine spacieuse de style méditerranéen avec une grande hotte et des briques épaisses tapissant le poêle.

Près de la salle à manger, nous trouvons l'escalier qui descend.

Les marches sont recouvertes de tapis, de même que le reste du sous-sol, composé de trois pièces.

Les propriétaires utilisent la première pièce comme

home cinéma et disposent de grands fauteuils inclinables rembourrés faisant face à une télévision murale de soixante-dix pouces.

L'une des pièces qui donne sur celle-ci est une chambre à coucher et une autre est le bureau.

– La voilà ! crie Nicholas tandis que je me perds brièvement dans le petit tableau qui se tient devant le grand bureau en chêne.

Ce doit être une réplique, non ?

Je me rapproche de quelques pas vers la pièce. L'œuvre n'est pas tant une peinture qu'un projet de peinture.

Il y a quelques coups de pinceau faits à l'huile, mais le reste est au crayon. L'artiste faisant des plans pour le futur.

– Olive, on a pas toute la journée, m'appelle-t-il depuis l'autre pièce.

Un instant plus tard, il apparaît dans l'embrasure de la porte.

– Qu'est-ce que tu fais ?

– Ça... ça ne peut pas être un vrai, je murmure.

– Que veux-tu dire ?

Je saisis mon téléphone et regarde son travail sur Google, confirmant ainsi mes soupçons.

– Ceci est de Claude Monet. C'est une première version ou une proposition de son célèbre tableau *Nymphéas en Fleur*, murmurai-je. Du moins je crois.

Nicholas regarde la photo pendant un moment. Nous devons ouvrir ce coffre-fort, dit-il finalement.

J'acquiesce.

Il a raison.

Nous sommes ici pour obtenir ce tableau et je ne devrais pas être distraite. Par contre, celui du coffre-fort vaut sept cent mille dollars sur le marché réel, probablement environ quatre cents sur le marché noir, et s'il s'avère être authentique, il vaut des millions.

Mais ça ne peut pas être un vrai, non ?

Pourquoi serait-il simplement accroché ici au mur avec pour seule protection du monde extérieur un simple morceau de verre ?

– Montre-moi le coffre-fort, dis-je en m'éloignant du Monet.

24

OLIVE

QUAND ON ARRIVE DEVANT LE COFFRE FORT...

Le coffre-fort est situé dans le placard de la chambre. Il est caché par une pile de vieux vêtements et de manteaux.

Il aurait été difficile à repérer si le contact de Nicholas ne lui avait pas dit où il se trouvait exactement.

Je suis légèrement soulagée par le fait que le coffre-fort a l'air plus vieux que prévu.

J'ai apporté quelques outils différents parce que je n'étais pas sûre du type de coffre-fort dont il s'agissait et que celui-ci nécessiterait une perceuse.

Je pose mon sac à dos sur le sol et retire la perceuse.

– Tu sais ce que tu fais ? demande Nicolas.

Je plisse les yeux, clairement agacée.

Ce type de question n'inspire guère la confiance et c'est précisément ce qui me manque actuellement.

Je tâte le coffre-fort et je frappe pour écouter les changements de conception.

Les parties creuses semblent différentes des autres.

Je tends la main vers la porte et la tire pendant un moment, dans l'espoir du meilleur. Parfois, lorsque le propriétaire oublie de verrouiller le coffre-fort, il suffit de le tourner pour l'ouvrir.

Je ne voudrais pas être le genre de voleuse à laisser passer une occasion aussi simple.

Malheureusement, le coffre-fort est effectivement verrouillé.

Je prends une profonde inspiration et presse le foret contre la porte en métal.

La méthode est assez simple, mais cette approche comporte un certain nombre de risques.

De nombreux coffres forts modernes à haute sécurité utilisent des plaques épaisses pour empêcher le perçage. Si vous êtes amené à percer une de ces barrières, la collision avec la perceuse détruirait le foret.

J'ai apporté quelques forets supplémentaires de dureté différente, mais je n'ai aucun moyen de connaître la résistance des plaques de barrage tant que je n'ai pas commencé à forer.

Une autre chose dont il faut se soucier est le verre de verrouillage.

Pratiquement chaque coffre-fort qui vaut son prix de nos jours, utilise une feuille de verre juste au-dessous des barres de verrouillage à ressort pour verrouiller automatiquement le coffre-fort dans cette situation précise.

Afin d'empêcher réactivation du verrouillage par verre, je dois percer lentement et attentivement, en surveillant les irrégularités du mur.

Le premier foret se casse presque immédiatement.

La seconde se casse aussi vite.

Le troisième suit rapidement.

J'ai apporté des doubles de chaque dureté, mais je continue à espérer que le prochain sera le bon.

Lorsque le cinquième commence enfin à forer, je laisse échapper un léger soupir de soulagement.

– Qu'est-ce qui ne va pas ? demande Nicolas quand j'arrête de forer un instant.

– Chut. Je pose la perceuse pendant une seconde et pose mon index sur mes lèvres.

Quand nos yeux se croisent, je vois la transpiration sur son front, mais je ne laisse pas ses inquiétudes troubler ma pensée.

Je reprends la perceuse et aligne le foret avec le trou.

Avant de l'allumer, je tape dessus à quelques reprises pour essayer de déterminer si je risque de heurter le verre.

A vrai dire, je suis incertaine.

Le son est fort et perçant, mais cela ne veut pas dire que c'est nécessairement du verre.

Quand je suis sur le point d'appuyer pour recommencer la perceuse, la voix de Nicholas me surprend.

– Quelqu'un est là, chuchote-t-il, lisant un texto sur son téléphone. Il pensait qu'elle était en train de regarder autour de la maison mais elle va sûrement y rentrer.

Merde, merde, merde, je murmure silencieusement pendant que Nicholas retranscrit mes pensées à haute voix.

Sans perdre un instant, je presse la perceuse dans le trou, je la redémarre et prie pour ne pas frapper le verre. Un instant plus tard, j'ouvre la porte et jette un coup d'œil à l'intérieur.

Nicholas sort un tube rond.

Il sort la toile roulée pour confirmer que c'est bien celui d'Alexandra Blur que nous recherchons.

Avec les pas des gens au-dessus de nos têtes, nous n'avons pas le temps de débattre pour savoir si cette collection de coups de pinceau bleus vaut son prix.

Lorsque Nicholas fait glisser la peinture dans son tube, je range rapidement mes outils dans mon sac à dos.

En entendant le grincement de la porte menant au sous-sol, je retiens ma respiration.

Nicholas ferme rapidement la porte du coffre-fort, la

dissimule derrière les vêtements dans le placard et nous pousse dans le coin opposé.

Si quelqu'un ouvrait la porte, il devrait vraiment chercher pour remarquer quelque chose.

Nous attendons.

Les pas descendent.

Je retiens mon souffle.

Les pulsations de mon cœur ressemblent à une zone de guerre dans ma tête. Nicholas attrape ma main et la serre fort.

Nous attendons.

Nous n'avons apporté aucune arme parce que nous n'avons pas l'intention de rendre cela violent.

En même temps, nous n'avons pas vraiment réfléchi à ce que nous ferions dans cette situation.

Si quelqu'un devait nous voir, j'ai toujours pensé que ce serait à l'extérieur.

Un voisin peut-être ?

Ou peut-être un ami qui visite pour inspecter les lieux ?

Je ne sais pas qui est cette personne, mais ses pas sont légers et méticuleux.

Elle est à la recherche de quelque chose. Nous retenons notre souffle. Silencieusement, je prie pour que peu importe la chose qu'elle recherche, elle ne se trouve pas dans le placard où nous sommes.

Elle atteint la porte du placard.

Mon cœur bat la chamade . Nicholas serre ma main encore plus fort et nous continuons d'attendre.

Je n'ai toujours pas de plan pour savoir quoi faire si elle nous trouvait. Mon seul espoir est que Nicholas ait un plan.

La poignée de la porte tourne et je me prépare à l'inévitable.

Sauf que ça ne vient pas. J'ouvre les yeux et scrute l'obscurité.

Je ne peux pas voir la poignée mais j'entends qu'elle se remet en place.

Un pas en suit un autre sauf que maintenant ils s'éloignent de plus en plus.

J'ose pousser un soupir de soulagement qu'une fois

qu'elle a atteint le seuil du palier et claqué la porte du sous-sol derrière elle.

– Qui était-ce ? je murmure, mes mots à peine audibles.

– Aucune idée., chuchote Nicolas.

Lorsqu'il il me lâche la main, une vague de soulagement se me submerge moi.

Mais nous ne sommes pas encore hors de danger.

Nous sommes toujours dans un placard dans une étrange maison.

Nicholas baisse les yeux sur son téléphone. Le texto de Owen brille dans le noir.

Quand il clique dessus, nous lisons tous les deux les mots à l'écran : *elle est partie.*

25

NICHOLAS

QUAND ON SORT...

Mon rythme cardiaque ne se calme qu'après que nous soyons en dehors de la maison, ayons traversé le ravin et soyons remonté de l'autre côté.

En fait, il ne revient son rythme normal qu'après qu'Owen soit sorti du lotissement et n'atteigne l'autoroute.

Il conduit à un rythme de banlieue régulier, en prenant soin de ne pas attirer l'attention sur lui.

Nous sommes impatients de fêter notre réussite mais nous ne voulons pas tenter le diable.

– Comment ça s'est passé ? il demande.

J'ajuste mon siège sur la caisse en plastique située sous mes fesses, mais cela ne la rend pas plus douce.

– Elle a failli entrer dans le placard, dit Olive en se tournant pour faire face à Owen. Je n'avais aucune idée de ce que nous aurions fait si elle l'avait ouvert.

J'ai insisté pour ne pas apporter d'arme à feu pour cette situation précise.

Il est si facile de recourir à une force meurtrière alors qu'en réalité ce n'est vraiment pas nécessaire.

Si elle avait ouvert le placard, je me serais précipité vers elle, l'aurait jetée par terre puis je me serais enfuie dans les escaliers.

Avec les sweats à capuche et les lunettes de soleil sur nos yeux et le simple geste de surprise, la femme aurait eu du mal à nous identifier auprès des autorités.

En outre, si nous avions déjà été attrapés et jugés, le vol qualifié avec une arme mortelle porte une charge beaucoup plus lourde que le cambriolage.

– C'est pour ça que je voulais que tu aies une arme à feu, dit Owen.

Il n'était pas d'accord avec moi et il a tout fait, à

l'exception de me traiter de lâche pour avoir voulu éviter des conséquences irréversibles.

Mais comme c'était Olive et moi, la décision était la sienne et elle s'est rangée de mon côté.

Quand Olive lui demande de nouveau à propos de la femme, il hausse les épaules. – Je n'ai aucune idée. On aurait dit qu'elle était une amie de la famille parce qu'elle venait juste de s'arrêter et d'entrer. Elle avait une clé. Peut-être qu'elle cherchait quelque chose.

– Au moins, elle n'a pas regardé dans le placard, dit Olive.

Je passe mes doigts sur le tube avec la peinture enroulée posé sur au-dessus de mes pieds.

Lorsque nous avons heurté une bosse sur la route, les bords rigides du cadre sous mon chandail à capuchon se sont enfoncés dans ma poitrine.

Au moins, elle n'est pas venue après notre départ et n'a pas remarqué que le Monet avait disparu du mur, je me dis silencieusement.

Je laissai cette pensée dans mon esprit tandis que je la réfléchissais.

Nous avions initialement prévu de prendre d'autres peintures, mais nous n'en avons aperçues aucune sur le chemin.

Il n'y avait pas non plus de peintures supplémentaires dans la voûte. Et à la sortie, Olive était trop secouée pour envisager à nouveau le Monet.

Elle ne sait pas que j'ai pris le Monet et elle n'ignore pas que j'ai pris d'autres objets : une montre Rolex, un bracelet de tennis Cartier et une bague en diamant Tiffany d'une taille minimale de cinq carats.

Mais je ne cache rien de cela à Olive.

Je veux lui montrer chaque pièce et je veux célébrer notre victoire ensemble.

Malheureusement, je ne peux pas.

La personne à qui je les cache est son frère.

Je ne lui fais pas confiance et il ne me fait pas confiance.

Notre plan est de disparaître ensemble pour finalement mener une vie séparée.

Je vais la préparer avec une partie du fruit de ce travail,

mais je ne le partagerai pas de manière égale. Je ne vais pas le partager en trois .

Dans un monde idéal, il n'y participerait pas du tout.

Il ne connaîtrait pas ma nouvelle identité et je n'aurais aucun lien avec lui.

Mais rien n'est parfait.

Il est la famille d'Olive et jusqu'à ce qu'il fasse quelque chose pour la trahir, je dois l'accepter comme faisant partie de notre relation.

Mais cela ne signifie pas que je dois partager des millions de dollars avec lui.

Nous nous dirigeons vers un grand parking rempli de voitures et trouvons une place près du sommet.

Une connaissance ira chercher la camionnette plus tard ce soir.

Lorsque nous entrons dans mon territoire, je nous conduis tous vers une suite que j'ai louée au Marriott.

Ce n'est pas le Ritz, pas encore, mais c'est mieux que ce que nous avions connu auparavant.

De plus, l'appartement d'Olive n'est pas une option Sydney et James y sont.

Je suis arrivé plus tôt et nous allons directement à l'ascenseur.

Nous roulons chacun des valises de cabine remplies de vêtements de rechange et d'autres fournitures.

Nous savons qu'il vaut mieux ne pas dire un mot jusqu'à ce que nous soyons à l'intérieur, mais des sourires éclairent nos visages.

J'ai loué une chambre voisine pour Owen, au fond du couloir, ce qui semble le satisfaire.

– Quelqu'un veut quelque chose à boire ? demandé-je, allant directement au minibar.

Pendant qu'Olive utilise la salle de bain et qu'Owen enlève son uniforme, je retire le Monet de mon sweat à capuche et le laisse soigneusement glisser derrière la commode pour le garder en sécurité.

En raison de leur taille, la montre et les bijoux sont moins importants et je les garde dans diverses poches de mes vêtements.

Ensuite, nous nous asseyons autour de la table de la

salle à manger et nous célébrons avec une tournée de bières.

Je raconte combien Olive est une experte des coffres forts et combien de forets il a fallu pour le traverser.

Au moment où nous parlons pour la troisième fois de l'histoire, nous en sommes à notre deuxième tournée et le niveau de célébration augmente.

– Alors, comment as-tu su comment faire tout ça ? demande Owen.

– J'ai l'impression qu'Olive a beaucoup plus d'expérience dans le vol de peintures qu'elle ne le laisse croire, dis-je en riant.

– C'est vrai, non ? je veux dire, autrement comment aurais-tu pu le faire ?

Olive nous regarde, ses yeux clignotant à intervalles irréguliers. C'est sa chance de dire la vérité. Qu'est-ce que ça ferait mal ? je me demande.

– Apparemment, vous deux n'avez jamais entendu parler de YouTube auparavant, dit-elle.

– Tu as appris comment faire cela sur Internet ? demande Owen.

Elle hoche la tête.

– Tu serais surpris de tout ce que tu peux apprendre en ligne.

Nos yeux se croisent et je la regarde.

Pourquoi ment-elle ?

Pourquoi ne pas nous dire la vérité tout simplement ?

Ma seule consolation est que peut-être elle ne veut pas le dire à Owen.

Mais ensuite, je me souviens qu'elle m'avait menti à ce sujet également auparavant.

– Et maintenant ? demande-t-elle.

– Je vais emmener la peinture à mon contact et il nous paiera, dis-je en haussant les épaules.

– Seul ? demande Owen.

J'acquiesce.

– Est-ce un problème ? je demande, mon corps se crispant.

– Oui, dit-il en me regardant fixement.

26

OLIVE

QUAND ON PENSE À L'AVENIR...

Le soulagement de s'en tirer avec le tableau sans se faire prendre ne dure pas longtemps.

Je veux passer la nuit à boire quelques verres et à me détendre, mais il y a peu de confiance entre les deux hommes dans ma vie.

Je sais que Nicholas a donné une chambre à Owen au bout du couloir parce qu'il voulait nous laisser un peu d'intimité ce soir, mais Owen ne lit rien d'autre que de la suspicion.

– Owen, ce gars-là est le contact de Nicholas. Il allait toujours retourner le tableau et être payé par lui-même.

Nicholas attrape ma main sous la table et la serre en connaissance de cause.

– Je m'en fiche, dit Owen. Je ne suis pas à l'aise avec ça. C'est beaucoup d'argent. Beaucoup de mon argent.

– Hé, tu ne serais même pas dans cet accord sans elle, dit Nicholas. Et n'oublions pas pour qui nous faisons tout cela.

– Oh, s'il te plaît, tu le fais pour toi-même. Tu n'as pas d'argent, et tu avais besoin d'Olive pour t'aider.

– Nous faisons cela pour *toi* ! Ils vont te tuer et à ce stade, j'espère qu'ils le feront putain.

Leurs voix deviennent de plus en plus fortes et ma tête commence à tourner.

A quoi est-ce que je pensais ? Ils ne vont jamais s'entendre. Ils ne vont jamais faire la paix.

– Écoute, commence à dire Owen.

– Écoutez-moi ! dis-je plus fort. Mais leurs cris continuent.

– Fermez-la, merde ! je crie enfin.

Ils ferment la bouche et me regardent.

– Owen, je ne laisserai rien arriver à ce tableau. Demain, Nicholas va le donner à son contact et c'est ce qui va se passer. Je me fiche de savoir si ça te plait ou non, ce n'est pas à toi de décider, dis-je à mon frère.

Il essaie de dire quelque chose en réponse mais je le coupe.

– Maintenant, nous devons parler de ce qui va se passer après. Où allons-nous ? Comment pouvons-nous disparaître ?

– J'ai un gars qui travaille sur nos passeports et nos permis de conduire. Nous les aurons demain avec l'argent. La seule chose à faire est de décider où nous voulons aller, dit Nicholas.

Owen laisse échapper un long soupir de défaite.

– Que veux-tu dire ? demande-t-il, finissant sa bière puis en ouvrant une autre.

Je ne sais pas si nous avons délibérément évité ce sujet ou si nous ne voulions peut-être pas faire jouer avec le feu, au cas où quelque chose n'irait pas avec la première partie du plan, mais aucun d'entre nous n'a réellement parlé de l'endroit où il voudrait aller pour commencer nos nouvelles vies.

Le silence tombe quelques instants.

J'essaie de penser à mon endroit idéal s'il une telle chose existe.

Je n'ai jamais beaucoup voyagé, mais j'ai toujours aimé l'idée.

Être avec de nouvelles personnes, connaître de nouvelles cultures, manger de nouvelles choses.

Mais ce que nous allons entreprendre n'est pas tout à fait un voyage.

C'est plus comme choisir un nouvel endroit pour commencer une nouvelle vie.

— Ce n'est pas une situation permanente, dit Nicholas en lisant dans ses pensées. Ce n'est pas comme si nous devions trouver des emplois et vivre sous couverture.

— Alors, on peut juste voyager un peu ? demandé-je, ma voix s'élevant au sommet avec cette possibilité.

Owen s'éclaircit la gorge.

Oh oui bien sûr.

Nous sommes trois ici et je doute qu'il veuille participer à une tournée en Europe ou en Australie.

Ou peut-être qu'il en aurait envie aussi ?

– Tu as dit que tu as toujours voulu voir le monde, soulignai-je.

– Ce n'est pas une bonne idée, dit catégoriquement Owen.

Je me mords l'intérieur de la joue.

– Pourquoi ? je demande.

– Si je disparais et que je n'en n'informe pas mon agent de libération conditionnelle, je suis considéré comme un fugitif. S'ils me trouvent, ils s'attaqueront aux années qui restent et je devrai les purger en prison en plus des accusations supplémentaires. Moins je voyage, ou plutôt moins j'utilise un passeport pour voyager à l'étranger, mieux c'est. Ce serait peut-être une bonne idée de voyager aux États-Unis, mais je ne suis pas sûr.

Je baisse les yeux en direction de mes mains et passe ma bague en argent autour de mon annulaire droit.

Je ne sais pas quoi lui dire ni quel est le meilleur moyen de régler ce problème.

– Alors, à quoi penses-tu ? demandé-je.

Il hausse les épaules.

— Penses-tu rester ici ? demande Nicolas.

— Tu ne peux pas rester ici. Et s'ils essayaient de te tuer à nouveau ?

Owen respire profondément.

— Je ne sais pas, murmure-t-il dans un souffle.

La célébration est écourtée, non pas par leurs disputes incessantes, mais par le lent retour à la réalité.

Qu'est-ce qu'on fait ? Soudain, l'idée de voler en première classe à Paris, de visiter Versailles, puis de prendre le petit-déjeuner sur un patio surplombant la tour Eiffel disparaît.

Je veux les ramener.

J'ai besoin de les avoir avec moi, mais ces fantasmes sont rapidement remplacés par des inquiétudes et la possibilité de ce qui pourrait arriver si Owen se faisait prendre.

— J'ai juste l'impression qu'il n'y a pas d'échappatoire, dit-il après un moment. Si je reste ici, ils vont me tuer. Si je cours, les flics vont me retrouver et me renvoyer en prison.

La défaite sur son visage me déchire le cœur.

Je tends la main vers lui et passe mes bras autour
de lui.

Il penche la tête et la pose doucement sur mon épaule.

– Je ne sais pas non plus quoi faire, je murmure à son
oreille.

27

OLIVE

QUAND ON EST SEULS...

Sᴀɴꜱ ᴘᴀʀᴠᴇɴɪʀ à ᴜɴᴇ ʀéꜱᴏʟᴜᴛɪᴏɴ ᴏᴜ à ᴜɴᴇ ᴅéᴄɪꜱɪᴏɴ, Owen nous laisse pour aller dans sa chambre pour la nuit.

Je lui fais un bref câlin et promets que rien n'arrivera au tableau.

Je suis sûre qu'il a encore des doutes, mais heureusement, il les garde pour lui.

– Enfin ! dit Nicolas, sa voix remplie d'excitation.

Atteignant le minibar, il sort une petite bouteille de tequila et une barre de chocolat.

Se penchant sur le meuble de télévision, il feuillette le

petit classeur contenant le menu du service d'étage. Je meurs de faim, ajoute-t-il, mais je ne voulais pas dîner avec lui. Sans vouloir être méchant.

Je hausse les épaules.

Je ne suis pas blessée mais je trouve toujours sa déclaration un peu grossière.

– Je déteste ça, je laisse échapper ces mots et le regrette immédiatement.

– Qu'est-ce qui ne va pas ?

– Je déteste cette... querelle que vous avez tous les deux. J'aimerais que vous soyez amis.

– J'essaie, fait-il remarquer.

Et je le vois.

C'est surtout Owen qui ne fait pas beaucoup d'efforts, mais je ne peux pas l'empêcher de comprendre son point de vue.

Nicholas a couché avec sa petite amie puis elle est morte.

Il pense qu'il a eu quelque chose à voir avec cela.

C'est probablement un miracle que chaque interaction qu'ils ont eue n'ait pas abouti à un véritable combat.

– Oui, je le sais, j'abonde dans son sens, posant ma main sur la sienne.

– Tu veux que je fasse plus d'efforts ? demande-t-il en se rapprochant un peu plus.

J'appuie mes lèvres sur les siennes, mais lorsqu'il ouvre la bouche, je pose ma tête sur son épaule.

Je veux l'embrasser mais je veux d'abord me sentir mieux.

– J'ai quelque chose qui pourrait te remonter le moral, dit soudain Nicholas, se levant et se penchant derrière la commode.

Un instant plus tard, il sort le Monet.

Je le regarde incapable d'en croire mes yeux.

Je le regarde, puis de nouveau vers le tableau, puis de nouveau vers lui.

– Comment ? Attends, mais j'étais avec toi… Les mots jaillissent tels des fragments tandis que je m'efforce d'organiser une pensée cohérente.

– Tu l'as pris ? demandé-je finalement.

Il hoche la tête.

– Mais pourquoi ?

– Pourquoi d'autre ? Ça vaut un paquet et c'était juste là.

– Oui, évidement, je hausse les épaules.

– Olive, franchement, je pensais que tu serais beaucoup plus excitée à ce sujet, dit-il, plaçant le tableau contre le mur.

Je pense que je devrais l'être aussi, mais je suis aussi surprise.

Je pensais que nous en parlerions d'abord.

Et puis quelque chose d'autre me vient à l'esprit.

– Pourquoi n'as-tu pas montré cela à Owen quand il était ici ? demandé-je.

Nicholas se détourne de moi, ostensiblement pour rectifier la façon dont le tableau est appuyé contre le mur, mais pas vraiment.

– Nicholas ? insisté-je.

– Pourquoi, à ton avis ? demande-t-il en se tournant vers moi.

Il croise ses bras sur sa poitrine et se retire quelque part au loin.

– Tu n'as pas l'intention de le dire à Owen ? Je le défie.

– Je ne sais pas ce que je prévois de faire mais je ne voulais pas lui dire ça tout de suite. Je voulais d'abord t'en parler.

Ce n'est pas une mauvaise idée, mais cela me met contrarie quand même.

– Je pense que vous ne vous entendrez jamais, finis-je par dire.

– Sans blague, acquiesce-t-il. Mais tu ne vois pas ? C'est lui qui rend les choses si difficiles.

Je le vois, mais je ne sais pas ce que je suis censée faire à ce sujet.

C'est mon frère. C'est ma famille et il a besoin de mon aide.

Dans le but de l'aider, j'ai besoin de l'aide de Nicholas.

– Où veux-tu aller ? je demande.

– Avec ou sans Owen ?

– Juste... si c'était à toi de décider ? Où irais-tu ?

Il y réfléchit un instant. J'attends. – Partout, dit-il finalement. N'importe où.

– Ce n'est pas vrai, dis-je doucement. Tu ne voudrais pas aller dans... l'Ohio par exemple.

Il rit.

– Si tu voulais aller en Ohio j'irais, mais je suppose que tu as raison, ce ne serait pas mon premier choix.

– Quel serait ton premier choix ? demandé-je.

– J'aimerais aller en Europe avec toi, visiter tous les sites magnifiques. Mais pour vivre ? La Californie, je suppose. Nous pouvons visiter Los Angeles et San Francisco, mais j'aimerais bien m'installer dans une petite ville entourée de montagnes et d'un ciel bleu éclatant et de palmiers.

En regardant dans ses yeux, je commence enfin à voir mon avenir.

Oui bien sûr.

C'est ce que je voulais entendre.

C'est là que je peux enfin nous projeter ensemble comme une famille.

Heureux et contents.

– Ça a l'air bien. je murmure. Ce serait bien de s'éloigner de tout ce froid et de ces ténèbres. Et je ne serais pas contre s'éloigner de la vie citadine.

– Bien. Il acquiesce. Alors on peut faire ça.

Je me laisse tomber sur le canapé et l'attire à moi.

Il s'assied si près que nos bras se touchent, envoyant des frissons à travers mon corps.

– Je ne voulais rien dire en prenant le Monet, dit-il doucement. Si tu veux en parler à Owen, fais-le. Je voulais juste te donner la possibilité.

Je hoche la tête en signe d'approbation.

Je comprends.

Bien sûr que oui.

Et je le crois.

– Je ne suis pas fâchée, dis-je après un moment. Je déteste tellement être au milieu. Mais je n'ai pas vraiment le choix. Je ne sais pas quelle est la meilleure chose à faire. S'il reste ici, ils le tueront probablement. S'il se sauve, il sera arrêté et il risque encore plus d'années d'emprisonnement.

Nicholas passe son bras autour de mon épaule et me rapproche de lui.

Quand je lève les yeux, il pose sa bouche sur la mienne.

Cette fois, je ne m'éloigne pas.

Cette fois, je me tourne vers lui, plongeant mes mains dans sa chevelure.

Il me dépose sur le canapé, plaçant son corps sur le mien. Nos bouches et nos langues s'entremêlent et nous nous perdons dans le flux et reflux de nos mouvements.

Curieusement, mes vêtements finissent sur le sol avec les siens.

D'une manière ou d'une autre, nous nous retrouvons sur le lit.

Les mouvements sont à la fois instantanés et éternels.

Je veux être avec lui pour toujours et même une éternité ne suffit pas.

Après, fatigués et épuisés, nous nous endormons, nos corps nus toujours collés l'un contre l'autre.

28

NICHOLAS

QUAND JE LE RETROUVE...

CETTE FOIS, Art ne veut pas que l'on se retrouve à notre endroit habituel, mais choisit plutôt un centre commercial local.

Je le trouve sur un banc près des faux arbres à feuilles persistantes, un peu plus loin de l'aire de jeu des enfants.

J'écoute les voix fortes des enfants résonner au-dessus de leurs têtes et regarde leurs mères fatiguées regarder leurs téléphones pour un bref sursis après une journée remplie de changements de couches, de préparation de collations et de crises.

Il n'y a pas d'allée étroite ou de cabine sombre dans un

bar. C'est peut-être un endroit inhabituel pour ce que nous sommes sur le point de faire, mais c'est la banalité de cet endroit qui le rend insoupçonnable.

Il est un peu plus de deux heures de l'après-midi et nous ne sommes que deux connaissances qui se rencontrent dans un centre commercial.

Art apparaît vêtu d'un pull et d'un pantalon, la tenue d'un mari de banlieue. Il porte trois grands sacs en papier avec l'image de marque du magasin à l'avant.

Un hot-dog dans la main, il s'assied à côté de moi et le mord.

— Tu l'as ? demande-t-il, mâchant sa bouche ouverte.

Je hoche la tête vers mon sac surdimensionné de chez Macy's et le tube qui en sort comme une baguette française.

J'attends qu'il le regarde mais il ne le fait pas.

Il continue simplement de regarder un petit garçon qui se débat dans le jeu de la jungle.

— Et maintenant ? je demande après quelques minutes.

— Maintenant, c'est terminé, dit-il lentement.

Je n'attends pas de paiement.

Mon paiement est qu'il perde mon dossier et que je ne bosse plus pour le compte du FBI.

Je suis certain qu'il paiera cette dette parce que la dernière chose qu'il souhaite, c'est que je vienne parler à ses employeurs de ce petit échange.

– Alors, c'est bon ? je demande pour vérifier.

Je pousse un soupir de soulagement, même si je sais que c'est prématuré.

– Qu'est-ce que tu vas faire ? Je demande.

Je ne l'aime toujours pas et il ne l'aime toujours pas, mais ce travail nous a en quelque sorte rapprochés.

– Je vais payer ma dette et, espérons-le, laisser tout cela derrière moi, dit-il.

J'apprécie ce moment d'honnêteté.

– Tu dois disparaître pendant un petit moment, voire longtemps. Nouveau passeport, nouvelle identité, dit Art. Ils vont te chercher un peu, mais ils ont d'autres sources dans l'organisation, ils ne devraient donc pas te chercher trop longtemps.

Je me frotte le majeur à l'arrière de mon index et regarde le grain le long de la couture de mon jean.

— Es-tu toujours après Owen ? demandé-je.

— Oui, dit Art sans perdre de temps. Ce serait dans son intérêt de s'en aller également.

Je souligne qu'il est en libération conditionnelle, mais cela ne perturbe guère Art.

— De nouveaux papiers et une nouvelle destination devraient l'aider à démarrer une nouvelle vie. D'après ce que j'ai entendu de la part de mon autre source, il ne lui reste plus beaucoup de temps.

Je veux lui poser une centaine de questions supplémentaires, mais il tire simplement le tube de mon sac, le place dans le sien et s'éloigne.

Je reste assis sur ce banc, émerveillé par la confiance inhérente dans notre échange.

Le tube que je lui ai livré peut contenir un faux ou rien du tout.

Mais si tel était le cas, aucun de nous n'obtiendrait ce que nous voulons.

Lorsqu'il aura disparu dans la foule, je me demande si je le reverrai un jour et je sais que si je le revois, ce ne sera pas une bonne chose.

Je reste assis sur ce banc pendant un long moment pour essayer de planifier la prochaine étape.

J'ai déjà disparu mais je n'ai jamais disparu avec une autre personne, encore moins avec deux personnes, dont l'une qui me déteste.

Une disparition orchestrée est comme des vacances permanentes.

Vous partez, devenez quelqu'un d'autre et devez vivre avec cette identité pendant très longtemps.

Ma dernière disparition n'a pas suscité un gros effort. Je suis allé à Hawaii où personne ne me connaissait et où je pouvais me faire de nouveaux amis et vivre une nouvelle vie, mais je n'ai pas réellement commencé une nouvelle vie. J'ai gardé mon nom et les personnes qui voulaient me joindre le pouvaient encore.

Cependant cette fois, les choses sont différentes. S'enfuir pour de bon, c'est mettre de côté l'homme que tout le monde connait.

Le problème avec les mensonges est qu'il est plus facile de mentir lorsque vous êtes le seul à le faire. Lorsque vous mentez, vous avez tendance à mémoriser certaines choses et à les raconter exactement de la même manière à chaque fois.

Mais quand vous dites la vérité, vos mots varient en fonction des circonstances. Ce n'est pas que vous élaboriez ou ajoutiez des détails inexacts, mais simplement que le tempo de l'histoire change à chaque fois.

Le fait de devoir disparaître avec deux autres personnes, dont l'une est presque mon ennemie, complique encore la situation.

Vous pouvez promettre de vous en tenir à une histoire, mais dans quelle mesure Olive et Owen y adhéreront-ils vraiment ?

Et dans quelle mesure en sortiront-ils ?

Je ne connais pas plus la réponse à ces questions que celle de savoir si nous allons ou non nous retrouver en Californie.

Nous sommes trois impliqués et je ne sais pas à quel

point Owen partage notre intérêt pour les ciels sans nuages, les eaux bleues, les montagnes déchiquetées et les imposants palmiers.

Perdu dans mes propres pensées, je ne les vois pas venir me voir avant qu'il ne soit trop tard.

29

OLIVE

QUAND ON LE VOIT...

JE NE VEUX PAS LE SUIVRE.

Je veux lui faire confiance, et je le fais.

Mais Owen dit qu'il va le faire, que je vienne avec lui ou non.

Je n'ai pas le choix.

Je viens en signe de protestation mais avec la certitude absolue que nous n'avons rien à craindre.

Nicholas m'a peut-être menti à propos de certaines choses, mais ses actions ont prouvé qu'il était un partenaire fiable.

Il ne ferait jamais rien qui me fasse du mal.

C'est la raison pour laquelle me tenir debout par-dessus la rampe et regarder leur rencontre me fait pleurer.

C'est Art Hedison, un agent du FBI, qui a enquêté sur moi par le passé.

Il n'a trouvé aucune preuve, mais cela ne l'a pas empêché de m'interroger.

Quand Owen me demande pourquoi je pleure, je ne peux pas me résoudre à mentir.

Cette scène à laquelle j'assiste me bouleverse trop.

Comment Nicolas a-t-il pu me faire ça ? Comment pourrait-il me trahir comme ça ?

Le bourdonnement de mes oreilles et la cacophonie causée par les bruits du centre commercial se mélangent.

Owen tire sur ma chemise plusieurs fois avant que je ne veuille enfin réagir à quelque chose.

– Qui est-ce ? demande-t-il encore et encore. Tu dois tout me dire.

– Il s'appelle Art Hedison, dis-je lentement, ma vision se concentrant sur les deux étrangers en dessous.

Je connais leurs deux noms et je pensais que j'étais amoureuse de l'un d'eux.

– C'est un agent du FBI, dis-je. Il a enquêté sur les autres peintures que j'ai volées.

– Quelles autres peintures ? demande Owen.

Je le regarde.

Ses yeux me scrutent et son visage est rouge.

Il ne sait rien de mon ancienne vie parce que je pensais que ce serait mieux ainsi.

Mais maintenant, ce n'est pas grave.

– C'est la raison pour laquelle Nicholas a voulu travailler avec moi, dis-je enfin. Je savais comment ouvrir un coffre-fort et voler des tableaux, et c'est ce que nous avons fait.

– Alors, tu étais au courant ? demande Owen, ses sourcils levés presque jusqu'au sommet de son front.

– Je n'en avais *aucune* idée, dis-je doucement.

Mes mots sont lents et détachés.

Je suis là et en même temps je ne le suis pas.

Le monde avance au ralenti et tout arrive à quelqu'un d'autre.

– Qu'est-ce qu'il fait ? demande Owen.

Je n'ai pas de réponse à cette question.

– Nous devons partir. Si le FBI est au courant, alors... Ses mots se détachent.

Je baisse les yeux vers le banc.

Art et Nicholas parlent sans se regarder.

Depuis notre point de vue, un niveau plus haut, nous pouvons voir pratiquement jusqu'à Macy d'une part et de Nordstrom de l'autre.

Il n'y a pas d'autres agents près d'eux.

J'observe les visages et les gens qui se rassemblent autour de lui et nous.

La plupart sont des acheteurs entrant et sortant des magasins. Je me concentre sur ceux qui sont immobiles.

Ce sont eux qui sont probablement sous couverture.

Il y a des mamans près du terrain de jeu. Certaines

discutent avec leurs amis, d'autres ont la tête dans leurs téléphones.

Deux groupes d'adolescents s'épanchent sur leurs achats.

Et puis, il y a les vendeurs de kiosques isolés qui attendent patiemment que quelqu'un passe et leur prête attention.

Chacune de ces personnes peut être un agent infiltré du FBI.

J'analyse de plus près les signes.

Est-ce qu'ils parlent dans leurs poignets ? Est-ce qu'ils observent un peu trop ?

Non, étonnamment, rien de tout cela.

Owen continue d'essayer de m'en faire dire plus puis il commence à tirer sur ma chemise pour que je parle.

Je lui enlève les deux fois et concentre mon attention sur Nicholas.

Après quelques mots, Art déplace la peinture enroulée du sac de Nicholas dans le sien et s'éloigne.

Je retiens mon souffle.

C'est à ce moment-là que quelqu'un chargerait vers Nicholas.

Ou vers moi. Ou vers Owen.

Un instant plus tard, je réalise que j'avais fermé les yeux.

Je les ouvre et attends.

Nicholas reste assis sur le banc.

Est-ce qu'il attend quelque chose ? Quelqu'un ?

Plus de temps s'écoule.

Owen essaie de m'éloigner de nouveau.

– Nous devons y aller, me murmure-t-il à plusieurs reprises.

Mais j'attends.

Si quelqu'un devait nous arrêter, ils le feraient.

Le tableau a été échangé. Tout ce que Nicholas avait à faire avec Art est fait.

Mais rien ne se passe.

Nicholas est resté assis sur le banc pendant près de

vingt minutes avant de se lever et de retourner à sa voiture.

– Qu'est-ce qui se passe ? je demande à Owen, mais il est aussi abasourdi que moi.

– Suivons-le, dit Owen quand nous arrivons à ma voiture.

Mais j'ai une meilleure idée.

Je démarre le moteur et me dirige directement vers notre chambre d'hôtel.

Owen se dispute tout le long avec moi.

Quand Nicholas est parti ce matin, il y a laissé ses affaires, y compris le Monet.

Owen est en colère contre moi pour avoir laissé partir Nicholas, mais je l'écoute. Dès que nous arrivons dans ma chambre d'hôtel, je veux m'y rendre directement, mais malheureusement, les femmes de ménage sont en plein nettoyage quotidien.

Je leur dis que j'ai mal à la tête et je leur demande si elles peuvent s'en aller.

Quand elles partent, je demande à Owen de fermer la porte et de la verrouiller. En me dirigeant vers la commode sous la télévision, j'entends mon cœur battre à tout rompre.

Je tends la main derrière et retire le tableau.

— Qu'est-ce que c'est ? demande Owen, juste au moment où la porte commence à s'ouvrir.

— C'est l'autre tableau que nous avons pris de cette maison, lui dis-je. C'est un dessin que Monet a réalisé pour l'un de ses tableaux. Du moins je crois.

La porte craque quand elle s'ouvre. Nicholas entre.

— Je suppose que tu lui as dit, dit-il tout simplement.

30

OLIVE

QUAND IL VIENT...

Son expression arrogante me donne envie de le frapper.

Qui diable pense-t-il être, à venir ici et se comporter comme si j'étais celle qui est en train de faire quelque chose de mal ?

– À qui as-tu donné ce tableau ? laissé-je échapper.

Son sourire disparaît et ses yeux se rétrécissent.

– Owen, veux-tu nous donner une minute ?» demande-t-il en maintenant la porte ouverte.

Owen ne bouge pas du canapé et attend juste.

– Non, il peut rester, je réponds pour lui.

— Owen, s'il te plaît.

— Je veux qu'il reste, j'insiste.

Lorsque je jette un coup d'œil, je constate qu'Owen n'a aucune intention de me laisser seul.

— D'accord, c'est bon, dit Nicholas après un moment.

Ses mots sont prudents et méthodiques.

Il fait encore quelques pas plus près de moi mais s'arrête à environ un bras de distance.

— Qu'est-ce que tu faisais avec lui ?

Ma voix se fait entendre au milieu et laisse échapper un grand cri qui surprend tout le monde dans la pièce, y compris moi.

— C'était mon contact, répond-il.

Je secoue la tête et regarde le sol.

— Combien as-tu reçu ? demande Owen.

— Je l'aurai plus tard, dit Nicholas après un moment.

— Quand ?

— Bientôt, il acquiesce vigoureusement.

Il a une part de sérieux qui pourrait forcer quelqu'un à croire ce qu'il dit.

J'ai de la chance cependant. Je connais la vérité.

– Alors, combien ça va être ? je me joue de lui.

Je veux un numéro.

Je veux qu'il me mente.

Je suis pratiquement en trian de le supplier, à ce stade.

– Je préférerais simplement te le dire à toi, Olive.

– J'étais là pour le travail, Nicholas. Quel est le problème ? demande Owen.

Il s'assied dans le canapé et croise les jambes, la cheville sur le genou.

Il ne répond pas.

Il y a de la tension dans l'air et je sais qu'il peut le sentir.

Il doit savoir que quelque chose ne va pas.

– Puis-je te parler ? il murmure dans un souffle. S'il te plaît ?

Je laisse échapper un soupir et fait un signe de tête à Owen.

Il ne veut pas partir mais j'insiste.

J'ai besoin d'une explication et je sais que je ne vais pas en avoir une avec mon frère ici.

— Je serai juste à l'extérieur, déclare Owen.

— Va dans ta chambre, dis-je telle une mère qui gronde.

— Je serai dans le couloir, dit-il en fermant la porte derrière lui.

— Pourquoi lui as-tu montré le Monet ? Nicholas se précipite vers moi et me prend dans ses bras. C'était supposé être notre... secret. Notre réserve. »

— Notre réserve en cas de quoi ? Je le défie.

Mes yeux se ferment et je croise mes mains devant ma poitrine.

— Au cas où ça ne marcherait pas avec lui, il chuchote.

— Ah oui ? Et quel est mon plan de secours au cas où les choses ne fonctionneraient pas avec toi ?

Il me regarde.

Un regard vide en suit un autre.

– Je suis tellement idiote, dis-je en me frottant les tempes. Je suis stupide !

– Qu'est-ce que tu racontes ?

– Art Hedison. Je prononce le nom lentement, en énonçant chaque syllabe.

Le sang s'écoule de son visage.

– Ouais, tu sais de qui je parle. Je le pointe du doigt. C'est lui que tu as rencontré aujourd'hui. C'est lui qui a notre peinture.

– Olive, tu ne comprends pas, marmonne Nicholas.

– Pourquoi parles-tu au FBI ?

– Je ne parle pas au FBI.

Je ris, jetant ma tête en arrière avec un fort reniflement.

– Vraiment, dit-il. Je veux dire, si mais non. Ce n'est pas ce que tu crois.

– Oh oui ? Parce que j'ai une bonne vision des choses après avoir regardé votre petit échange aujourd'hui.

– Il m'a eu, Olive. Ils avaient un dossier contre moi et je devais être son informateur pour les empêcher de porter plainte.

J'écoute et hoche la tête pour qu'il continue.

Il prend une profonde respiration.

– Et puis Art a eu des ennuis. Dettes de jeu. Et il m'a demandé de voler ce tableau. En retour, il perdrait mon dossier. Je ne serais plus un informateur. Je serais libre.

Je secoue la tête.

– Tu m'as menti, murmuré-je.

– Non, dit-il en me prenant dans ses bras.

Je le repousse mais il ne me laisse pas partir.

Je pourrais le forcer à me quitter mais pour une raison quelconque je le déteste mais je l'aime.

Même à cet instant.

Même après tout ce qu'il a fait.

– Sur qui informais-tu ? demandé-je, levant les yeux dans ses yeux remplis de larmes.

Il regarde ailleurs.

J'attends.

Il ne répond pas.

– Sur qui informais-tu, Nicholas ? demandé-je à nouveau.

Mon cœur bat la chamade.

Au début, c'était une question qui, à mon avis, aurait une réponse générique.

Mais maintenant, en le regardant, je sais que les choses sont beaucoup plus compliquées que je ne le pensais.

– Owen, dit doucement Nicolas. Ils voulaient que je devienne son ami. Que je le suive. Ils ont un dossier sur lui.

Je secoue la tête.

Quand il me tapote le dos, je le repousse.

– Non, non, non, je gémis.

Nicholas commence à expliquer, mais je ne peux pas distinguer ses mots à cause du sang qui s'écoule entre mes tempes.

Tout ce que je sais, c'est que je veux qu'il parte.

Je ne veux pas qu'il me touche.

Je ne veux plus jamais le revoir.

– Tu dois partir, je me force à dire.

– Olive, s'il te plaît. supplie Nicholas. Laissez-moi expliquer.

Il se lance dans une autre explication et je ne l'entends pas non plus.

Au lieu de cela, j'ouvre le tiroir de la commode et saisis tous ses vêtements soigneusement pliés et les jette dans sa valise.

Il essaie de m'arrêter mais je parviens à faire la même chose avec le second tiroir.

C'est à ce moment que je le vois.

Quelque chose de brillant jaillit à travers les vêtements et attire mon regard. Je trouve un bracelet en diamant, une bague en diamant et une montre incrustée de diamants avec le mot Rolex sur la plaque frontale.

– Qu'est-ce que c'est ? demandé-je.

– C'est... commence-t-il à dire.

– Tu as pris cela de la maison, n'est-ce pas ?

Nicholas hoche la tête.

– Et tu n'allais pas me le dire ? Nous le dire ?

– J'allais te le dire, dit-il.

– Quand ?

– Tu pensais que nous allions être payés pour cette peinture, explique Nicholas. Je devais prendre quelque chose et le vendre. Le Monet était notre secret. Ces bijoux allaient être l'argent que nous allions partager avec Owen.

– Toi. Je pointe mon doigt sur son visage, essayant de penser à la bonne façon de le qualifier. Tu n'es qu'un menteur !

Nous discutons jusqu'au bout de la nuit mais cela ne fait qu'aggraver mon ressentiment et ma colère.

Plus il essaie de s'expliquer, moins je veux écouter.

Plus je me ferme, plus il essaye 'arranger les choses.

Nous tournons en rond jusqu'à ce que nous soyons à la fois étourdis et épuisés, notre relation se fracturant et se brisant en plusieurs morceaux à chaque mot.

Enfin, lorsque je suis trop fatiguée pour continuer, je lui demande de partir.

— Je suis désolé, Olive. Je suis désolé pour tout.

— Je suis désolée aussi.

Il ferme sa valise avec tous ses vêtements puis se tourne vers moi. — Je vais prendre les bijoux et la montre mais je veux que tu gardes le Monet. Je suis désolé de ne pas t'avoir dit la vérité, mais je ne pouvais tout simplement pas. Ce n'était pas sûr et je ne voulais pas te mettre en danger.

— Ne fais pas comme si tu me rendais service, répondis-je d'un ton sec.

— C'est la vérité. S'il te plaît, crois-moi.

Il pose ses mains autour de mes épaules.

Je hausse les épaules. — J'ai quelque chose pour toi. Je le gardais pour le bon moment, mais je ne suis pas sûr que nous en aurons un.

— Je ne veux rien de toi, lâché-je.

— Tu le veux, insiste Nicholas en sortant un dossier de sa valise. Il la pose sur le lit et s'en va.

Dès qu'il part, je m'effondre. Mes pieds, comme figés sur place, refusent de coopérer et je tombe aisément sur le sol.

J'enroule mes bras autour de mes épaules et sanglote sans rien retenir.

Quelque part au loin, j'entends les coups puissants et les appels d'Owen afin qu'il puisse entrer.

– Va-t'en, parviens-je à prononcer entre mes larmes.

Je pleure jusqu'à ce que mes yeux se dessèchent.

Quand je rentre dans la salle de bain, je remarque que ma chemise est trempée au niveau de mes poignets après m'être essuyé les joues. Le contour de mes yeux est maculé de mascara.

J'éclabousse de l'eau sur mon visage, puis la recueille dans mes paumes et y plonge mon visage.

C'est rafraîchissant, faisant baisser la température de ma peau.

Souhaitant pouvoir y plonger tout mon corps, j'ouvre le robinet de la baignoire.

La pression de l'eau me surprend une seconde. Je sens la température, puis je tourne le robinet pour la réchauffer un peu.

Lorsque la baignoire est presque remplie jusqu'au sommet, j'enlève mes vêtements et monte à l'intérieur.

Plus de larmes coulent.

Au lieu de les essuyer, j'incline simplement la tête en arrière et plonge.

L'eau s'enroule autour de moi. Je veux rester ici pour toujours.

Une fois à bout de souffle, j'incline ma tête vers la surface, de sorte que seul mon nez et ma bouche soient exposés.

J'inspire profondément et disparais à nouveau vers le fond.

Je répète cette action à plusieurs reprises jusqu'à ce que je commence enfin à me sentir mieux.

La douleur dans ma poitrine s'est quelque peu atténuée et mon cœur n'a pas l'impression d'être comprimé à maintes reprises par une force puissante.

Un peu plus tard, j'ai assez de force pour sortir de la baignoire.

Je me sèche avec une serviette, enveloppe mes cheveux avec une autre, et enfile le peignoir accroché à l'arrière de la porte.

Il est épais et moelleux et fait de son mieux pour me faire sentir que ma vie n'est peut-être pas un désastre, ne serait-ce que l'espace d'un instant.

Lorsque mes pensées reviennent à Nicholas et à sa trahison, les larmes commencent à fondre à couler à nouveau, mais je les arrête brusquement.

Non, je ne vais pas y penser.

J'ai besoin de temps. En attendant, je dois me distraire avec autre chose. Je prends mon téléphone et essaie de me concentrer sur un roman que je lisais, mais les mots n'ont aucun sens et j'ai du mal à suivre l'histoire.

J'ai lu la même page trois fois avant d'abandonner.

J'ai besoin de quelque chose de plus fort, de plus distrayant.

Allumant la télévision, je zappe jusqu'à ce que je parvienne à HGTV. Un couple achète une maison au Costa Rica.

Ils semblent vivre dans un monde totalement différent, voire dans une autre dimension.

Je l'éteins dès qu'ils commencent à se disputer sur la taille des placards et le type de piscine qu'ils souhaitent.

Parfois, il est bon de se perdre dans les problèmes banals de quelqu'un d'autre, mais parfois cela rend la situation encore plus merdique.

Je m'allonge sur le lit et sens la grosseur du couvre-lit sous mes doigts.

Le tissage est épais et luxueux et je laisse mes doigts se balader d'un nœud à l'autre. Lorsque je touche le dossier, mes doigts reculent, mais le reprennent immédiatement.

Je suis en colère contre lui.

L'intensité exacte de ce dernier est difficile à décrire.

Chaque cellule de mon corps a l'impression d'être sur le point d'exploser. Je lui ai fait confiance et il m'a trahi.

Peut-être suis-je folle de penser qu'il ne me mentirait pas.

Peut-être que tout cela était une ruse depuis le début.

Peut-être que rien de ce qu'il m'a dit n'était vrai.

Des souvenirs de tout ce que nous avons vécu traversent mon esprit en rond.

Rien n'est en ordre, et chaque souvenirs jaillit en un éclair puis s'efface tout aussi rapidement.

Est-ce que tout ce qui est arrivé était un mensonge ou était-ce surtout la vérité avec juste une note de faux ?

Ou était-ce autre chose ?

Plus particulièrement un mensonge avec seulement quelques morceaux de vérité ?

Je pensais savoir qu'il m'aimait.

Une partie de moi pensait qu'il ne l'avait pas dit pour la même raison que je ne pouvais pas le lui dire.

Mais maintenant, je me demande s'il n'a pas pris la peine de le dire parce que ce serait encore un autre mensonge.

Je touche le dossier à nouveau.

Il est lisse et doux, à l'opposé de la déchirure de ma vie.

Nicholas a dit qu'il attendait le bon moment pour me le donner.

Je ne sais pas du tout ce qu'il contient et j'ai la tentation de le jeter à la poubelle.

Je ne veux plus rien de lui, plus maintenant.

Pas après ce qu'il m'a fait.

Pourtant, je ne peux pas me résoudre à m'en débarrasser.

Quoi qu'il y ait là-dedans, ça doit avoir un peu d'importance sinon il n'aurait pas pris la peine de me le donner.

Est-ce que j'ose l'ouvrir ?

La chemise est de type manille crémeuse avec des bords usés et des traces d'usure.

Assise sur le bord du lit et tapotant mon pied sur le sol, j'ouvre lentement la première page.

En plus, je trouve une note manuscrite adressée à Nicholas.

C'EST TOUT CE QUE J'AI RÉUSSI À TROUVER SUR LA VRAIE MÈRE D'OLIVE KERNES.

MON CŒUR BAT LA CHAMADE ET MES MAINS COMMENCENT À TREMBLER.

La page suivante contient les résultats de l'ADN, montrant qu'il y a 99,9% de chances qu'une femme nommée Josephine Rose Reyes soit ma mère.

Mes mains se mettent à trembler si fort que je crains de laisser tomber le dossier sur le sol.

Je le pose avec précaution sur le lit et attends que mon rythme cardiaque ralentisse avant de regarder le reste des documents.

– Quand as-tu trouvé cela ? demandé-je à Nicolas comme s'il était dans la chambre.

Une partie de moi voudrait qu'il soit ici pour pouvoir me tenir dans ses bras pendant que je regarde ces papiers.

– Et pourquoi ne me l'as-tu pas dit plus tôt ? Pourquoi... pourquoi as-tu menti ? je gémis en lisant la page suivante.

QUITTER LA MAISON
Février 1994

CHAPITRE TRENTE-DEUX

JOSEPHINE, qui a demandé à tout le monde de l'appeler Joey, a ouvert l'atlas routier qu'elle avait acheté dans une station-service et a essayé de comprendre comment le lire.

Elle venait tout juste d'obtenir son permis de conduire mais elle n'avait jamais ouvert de carte auparavant.

Comment étiez-vous censé savoir où vous vous trouviez pour déterminer quelle route emprunter pour vous rendre où vous vouliez ?

Elle n'avait aucune idée précise de l'endroit où elle comptait aller, si ce n'est qu'elle devait s'éloigner de la maison de ses parents le plus rapidement possible.

Elle s'était rendue dans de nombreux endroits, des maisons sur la plage, des pistes de ski, des hôtels particuliers nichés au milieu de nulle part et des vastes chambres surplombant les grandes villes.

Mais ce sont toujours ses parents ou le chauffeur qui l'ont emmenée là-bas. Cette fois, elle y allait seule et personne ne pouvait savoir où elle se dirigeait.

Joey a acheté une Datsun 1985 d'occasion avec son propre argent sous un nom d'emprunt.

Le gars qui en a fait la publicité dans le journal Pennysaver était un père de quatre enfants, réticent à l'idée de le vendre à une jeune fille de dix-sept ans avec le regard d'un cerf pris dans les phares.

Mais lorsqu' 'elle lui a proposé deux cents dollars de plus que le prix demandé et qu'il a pensé à ses enfants qui vivaient actuellement dans un appartement sans chauffage, il ne put résister.

L'achat de cette voiture a épuisé l'essentiel de ses économies, lui laissant environ deux mille dollars en espèces.

Elle avait une carte de crédit qu'elle pouvait utiliser, bien sûr, mais ses parents la localiseraient immédiatement, donc si elle voulait rester cachée, ce n'était pas envisageable. Deux mille dollars devraient suffire pour commencer une nouvelle vie pour elle et son bébé. Mais comment cela allait-il arriver, elle n'en était pas encore sûre.

Josephine Rose était la plus jeune fille de M. et Mme Reyes. En apparence, elle avait grandi avec tout ce dont une petite fille pouvait souhaiter. Un grand appartement sur Park Avenue avec sa propre chambre, une salle de bains privée et une mère dévouée qui s'intéresse à la poupée et à l'habillage. Dans leur maison des Hamptons, elle avait aussi une salle de jeux séparée et une cabane dans les arbres où elle pouvait laisser libre cours à son imagination.

M. et Mme Reyes ont employé un chef, une femme de ménage et une nourrice qui ont aidé Mme Reyes à gérer le ménage plutôt vaste et à organiser tous leurs dîners et événements.

Josephine a fréquenté les meilleures écoles privées où elle est devenue amie avec les enfants d'autres citoyens éminents de New York. Bien que sa vie n'ait pas été entièrement planifiée, certaines choses étaient attendues d'elle.

Après l'obtention de son diplôme, elle devait fréquenter une université renommée, trouver un emploi ou effectuer un stage dans la profession de son choix, puis rencontrer et épouser un homme appartenant à une famille bien établie.

Ce à quoi ses parents ne s'attendaient pas, ni même ne considéraient pas comme une possibilité, était que le soir de son bal des débutantes, leur fille leur dirait qu'elle était enceinte et qu'elle voulait garder l'enfant.

En glissant son gros ventre dans un sweat-shirt très large, Joey monta au volant.

Elle a commencé son voyage volontairement dans l'après-midi car les matinées ne lui réussissaient pas. La Datsun était garée dans un parking public non loin de l'appartement de ses parents et elle s'assoir pour la première fois au volant, lui procura un sentiment de liberté qu'elle n'avait pas ressentie depuis sa petite enfance.

Sortir de New York prit une éternité pour avec tous les embouteillages et elle n'avait conduit qu'en Pennsylvanie. Mais ce n'était pas grave. Elle avait encore besoin de savoir où elle allait.

Le nord était hors de question parce qu'elle détestait le froid.

Le sud serait le plus facile car la Floride était relativement bon marché et chaude en cette période de l'année.

Elle était allée là-bas plusieurs fois dans leur appartement à Miami, mais elle n'avait aucun intérêt à aller dans une ville où son père avait des contacts. Néanmoins, la Floride était un grand état, regorgeant de petites villes dans lesquelles elle pouvait s'y perdre. C'était indubitablement une possibilité.

Mais il y avait une autre option aussi. La Californie.

C'était stupide et ridicule de traverser le pays toute seule, mais son cœur continuait de l'appeler vers l'ouest.

Quel est le dicton déjà?

L'ouest est le meilleur. Viens ici et nous ferons le reste.

Elle faisait déjà quelque chose de ridicule et de stupide, alors pourquoi ne pas aller jusqu'à l'océan ?

Pendant tous leurs voyages en Europe, en Asie et au Mexique, M. et Mme Reyes n'avaient jamais emmené leurs enfants en Californie. Et c'est précisément la raison pour laquelle leur plus jeune enfant a choisi ce lieu comme destination lors de cet après-midi glacial de Pennsylvanie.

Avec le réservoir d'essence plein et le siège passager rempli de ses collations préférées, Joey a démarré le moteur et s'est dirigée vers l'ouest sur l'autoroute.

Elle ouvrit un paquet de M&M's et monta le son de la radio.

Nirvana jouait et elle chantait à tue-tête en se repassant les vidéos qu'elle avait vues des millions de fois dans sa tête.

Il faisait noir depuis des heures lorsqu'elle entra dans un motel situé tout près de la banlieue de Pittsburgh et paya en espèces pour la chambre.

La femme au comptoir soupçonna qu'elle avait bien moins de dix-huit ans mais, jetant un coup d'œil à son ventre et à ses sacs, elle décida de ne pas risquer de la faire fuir en demandant une pièce d'identité. Elle était une enfant comme elle quelques décennies auparavant. Enceinte, effrayée, toute seule et fuyant le petit ami violent de sa mère.

Une fois à l'intérieur, Joey a posé ses pieds sur l'un des lits doubles et s'est endormie dans un profond sommeil de bonheur.

Elle bougea plus jusqu'à quatre heures du matin lorsque la nausée qui s'est abattue dans son estomac l'a réveillée.

N'arrivant pas tout à fait jusqu'aux toilettes, rejeta une partie de la bile entre ses mains ouvertes.

CHAPITRE TRENTE-TROIS

Joey a passé la majeure partie de la matinée au lit jusqu'au coucher, à essayer de trouver la force de monter dans la voiture.

La chose la plus difficile n'était pas tant de conduire que de se mettre debout, de ranger les quelques objets qu'elle avait sortis de son sac, d'avoir de la nourriture et de finalement tout traîner, y compris elle-même, vers le parking.

En plus de vomir tous les matins et d'avoir la nausée toute la journée, surtout si elle restait debout trop longtemps, ce bébé qui grandissait en elle la fatiguait énormément.

Même les choses les plus élémentaires comme se

brosser les dents ou les cheveux lui demandait un effort considérable tandis qu'elle était allongée dans son lit, regardant fixement ses livres de poche.

Joey avait toujours aimé lire.

Depuis qu'elle était petite fille et que la nounou lui avait lu ses premiers livres, elle était fascinée par les mots qui s'y trouvaient.

Ces mondes ressemblaient tellement à celui dans lequel elle vivait et pourtant, ils étaient aussi tellement différents.

L'un de ses favoris s'appelait *True Confessions* of Charlotte Doyle. Une jeune fille âgée de treize ans, issue d'une famille aisée dans les années 1830. Elle voyage d'Angleterre en Amérique pour y rencontrer sa famille. Il devait y avoir d'autres personnes qui l'accompagnaient, mais elle a fini par être la seule femme sur un navire de travail dirigé par un capitaine cruel.

Ce que Joey a tant aimé de ce livre, c'est que contrairement à d'autres livres sur les femmes du XIXe siècle, Charlotte était une fille très moderne.

Au début elle était peureuse et timide, mais au cours

de son voyage, elle a évolué et a commencé à sympathiser avec l'équipage contre le terrible capitaine. Et la fin ? C'était sa partie préférée de l'histoire ! Charlotte a rejeté son éducation étouffante et sa famille surprotectrice pour vivre une vie d'aventure en haute mer.

Joey Rose se voyait comme une Charlotte Doyle contemporaine. Elle n'était peut-être pas sur un bateau, mais elle se battait contre son éducation.

Elle commençait une nouvelle vie à sa façon. Elle gagnerait son propre argent.

Elle prendrait ses propres décisions. Elle élèverait son enfant selon ses propres règles, et non selon celles de ses parents.

Joey a relu ses passages préférés du livre, puis a fouillé dans la pile de quelques autres qu'elle avait apportés pour le voyage.

Ses livres constituaient la majeure partie de ses bagages et elle ne les aurait pas autrement.

Il restait quinze minutes avant le départ et elle ne pouvait plus attendre.

Joey se leva lentement et alla dans la salle de bain. Elle

se brossa les cheveux et se maquilla pour donner de la couleur à son visage.

Elle s'était lavé les cheveux la nuit précédente et avait dormi les cheveux mouillés. Des mèches près de la tête de sa tête sortaient dans des directions différentes et aucun brossage ne les mettait en place.

Elle les plaqua avec de l'eau puis tira ses cheveux en un chignon.

Cela ferait l'affaire, décida-t-elle.

Après avoir emballé son maquillage et ses livres et enfilé un jean très large et le même t-shirt à manches longues qu'elle portait depuis quelques jours, elle a saisi son sac, zippé son sweat et est montée dans la voiture.

Les heures sur la route s'écoulaient vite. Elle n'avait pas son permis de conduire depuis longtemps, mais rien de tel qu'un voyage sur la route à travers le pays pour vraiment se mettre à l'aise au volant.

Au moment où elle quitta le Missouri pour se rendre en Oklahoma, elle n'était plus inquiète de tirer une cassette du magnétophone, de la glisser dans la boîte en plastique et d'en insérer un autre.

Elle dévorait un nouveau livre sur cassette qu'elle avait reçu de la bibliothèque publique de New York - il était question d'une femme des années 1940 en Grande-Bretagne qui s'était retrouvée dans les années 1700 en Écosse.

Il s'appelait *Outlander* et Joey a trouvé la langue et l'histoire d'amour entre Jamie et Claire absolument délicieuses.

En fait, le livre signifiait encore plus que cela. Cela lui donnait de l'espoir pour sa propre vie, ce que seuls les livres étaient capables de faire.

Elle aussi voyageait dans l'inconnu.

Elle aussi s'était retrouvée dans un monde qui lui était très étranger.

Mais si Claire pouvait s'en sortir, elle le ferait aussi, non ?

Au nord-est de l'Oklahoma, Joey poussa un soupir de soulagement. Le ciel était large et bleu et le pays immense.

Si ce n'était pas le cas pour quelques autres passagers qui voyageaient sur l'autoroute avec elle, elle serait complètement seule.

Et bien que la nature fût clairement apprivoisée par l'homme, ses tracteurs et ses outils, elle pouvait sentir que la vraie liberté n'était pas si loin.

Le monde de la nature l'appelait et plus elle se dirigeait vers l'ouest, plus elle se sentait libre.

Joey ne savait pas si c'était le manque de grands immeubles, le manque de millions de personnes entassées sur une île de huit kilomètres ou les milliers de kilomètres qui la séparaient maintenant de ses parents qui la rendaient invincible.

Ou peut-être que c'était juste une combinaison de toutes ces choses.

En tout cas, après tout ce voyage, elle commençait enfin à avoir l'impression de pouvoir s'en tirer. Elle ne savait pas qu'il y avait déjà une équipe de recherche qui a sa poursuite.

Joey pensait que le voyage de ses parents à Paris serait le moment idéal pour disparaître.

Elle pouvait toujours les appeler de la route et faire semblant elle était à la maison, se donnant trois jours d'avance.

Ce qu'elle ne savait pas et ne pouvait pas savoir, c'est

que sa mère était rentrée tôt de la station thermale un jour et avait découvert son père au lit avec sa petite amie de longue date, étudiante à la Sorbonne.

Mme Reyes a écourté le voyage, est rentrée tôt et a découvert que sa fille était partie.

La gouvernante avait cédé aux questions de l'enquêteur privé.

Joey le soupçonnait, mais elle ne pouvait pas lui dire où elle allait, car elle en aurait informé ses parents plus tôt. Heureusement, elle ne lui a dit que le strict minimum et a balancé quelques mensonges sur le fait d'aller au Canada pour les éloigner de sa trace.

CHAPITRE TRENTE-QUATRE

M. et Mme Reyes était mariés sans une once de bonheur depuis bien trop d'années, mais ce qui les maintenait encore ensemble était leurs enfants.

Ils en avaient quatre et Josephine, comme ils préféraient l'appeler, était la plus jeune.

En ce qui les concerne, leurs autres enfants ont fait tout ce qui était attendu d'eux.

Ils pratiquaient des sports, excellaient dans les activités parascolaires et leur répondaient rarement.

Chaque fois qu'ils parlaient de leurs enfants lors de fêtes, leurs amis qui traversaient de nombreuses étapes difficiles pour élever des adolescents étaient jaloux d'eux.

Ce qu'ils ne savaient pas, c'est que tout comme leurs parents, les enfants Reyes étaient très doués pour mener une double vie.

Leur fils aîné était un athlète vedette dans son école préparatoire puis à Harvard, mais entre deux demandes d'admission aux facultés de droit, il est devenu l'un des plus gros trafiquants d'ecstasy et de cocaïne au sein des riches étudiants.

Le cadet, également un fils, était l'un de ses premiers clients et un toxicomane à part entière qui a tout de même réussi à maintenir une moyenne de 12 à Dartmouth.

Leur fille aînée, déléguée de sa classe, athlète olympique en ski, avait des vues sur l'école de médecine de Yale.

Elle avait également lutté contre la boulimie et l'anorexie depuis l'âge de onze ans et avait pris des antidépresseurs et des somnifères comme s'il s'agissait de bonbons.

Les deux parents ignoraient tout de la double vie que menaient de leurs enfants.

Non pas parce que les enfants étaient particulièrement doués en matière de dissimulation, mais plutôt parce qu'ils ne voulaient pas vraiment les observer de trop près.

Joey savait tout cela et détestait l'hypocrisie qu'était sa vie quotidienne.

À l'extérieur, sa famille était parfaite, les parfaits américains jusqu'aux cheveux blonds et à la peau ensoleillée.

Mais ce qui se tramait juste en dessous était un torrent de colère, de déception et de ressentiments accumulés au cours de toute une vie.

Ses trois frères et sœur plus âgés constituaient toujours une équipe aussi impénétrable que ses parents.

Il fut un temps où elle voulait être proche de sa sœur mais elle considérait toujours Joey comme une contrariété, voire une nuisance. Et alors, Joey s'est habitué à être seule et à le rester.

Puis Danny s'est présenté.

Danny Lebold n'appartenait pas à Bloomfield, ou du moins c'était ce que tout le monde disait chaque fois qu'ils chuchotaient son nom.

Sa mère était une infirmière avec deux boulots à plein temps pour payer ses frais de scolarité. Il avait voulu aller à l'école privée autant que sa mère voulait l'envoyer là-bas et il avait travaillé dur pour essayer d'obtenir les meilleures notes possibles. De retour dans son grand lycée surpeuplé, Danny n'avait que des 15 et était fâché chaque fois qu'il recevait autre chose qu'un 14.5. Mais à Bloomfield, il a lutté.

Il n'y avait aucune place au cours de sa troisième. Il a donc été muté au milieu de la seconde, quand un élève a été expulsé pour avoir conduit la voiture de l'école dans le lac en état d'ivresse. Ses parents, bien sûr, se sont battus contre l'expulsion, mais il ne s'agissait pas de la première infraction de cet étudiant. Leurs avocats ont donc réussi à les convaincre d'abandonner.

Ainsi, Bloomfield avait une ouverture pour Danny et il a sauté sur l'occasion. Mais entrer au milieu de l'année scolaire était un véritable enfer.

Non seulement la plupart des enfants se connaissaient depuis la maternelle, mais l'éducation de son école publique était loin d'être aussi rigoureuse que celle du milieu privé.

L'année précédente, ils ont eu un autre transfert. Ce jeune homme avait la personnalité d'un candidat politique lors de la campagne électorale et est donc rapidement devenu le garçon le plus populaire du campus. Mais Danny était timide et calme et n'était pas très doué pour bavarder. C'est pourquoi la seule personne chez Bloomfield qui l'a tout de suite apprécié était Josephine Reyes.

Lorsque Joey a abordé Danny pour la première fois, il était assis dans un coin de la salle à manger, la tête enfouie dans le *Seigneur des anneaux*.

Elle-même n'avait jamais lu ce livre, mais cela ne l'a pas empêchée de s'asseoir à côté de lui et de se présenter.

Elle n'avait jamais été particulièrement extravertie, mais quelque chose chez cette nouvelle personne lui donna la force de vaincre sa timidité.

Il était grand et sombre avec de beaux yeux verts. Il était également très séduisant même s'il ne semblait s'en rendre compte.

Ils ont parlé de cours (Mme Matusiak a donné les pires quizz sur la pop), de sports (qu'aucun d'eux n'aimait jouer ou regarder) et de films (ils avaient tous deux aimé *Jurassic Park* et Joey était impatient de voir *Entretien avec un Vampire*).

Elle avait lu le livre au préalable, comme elle le faisait toujours, mais elle ne faisait pas partie de ceux qui pensaient automatiquement que le livre était meilleur que le film.

Pour elle, le film était un support totalement différent, elle ne s'attendait donc pas à voir tout le livre se dérouler ligne par ligne à l'écran.

S'ils avaient réussi à capturer ne serait-ce que qu'une partie du thème et le ton du livre et avaient fini par faire un bon film, elle serait satisfaite.

Danny, d'autre part, ne l'était pas. Pour lui, aucun film n'a jamais été à la hauteur de ce qu'il était dans son esprit et sur la page, ce qui le laissait pour toujours frustré et agacé par toute adaptation cinématographique.

Joey et Danny se sont disputés à propos de beaucoup de choses au cours de leur première année d'amitié, mais aucun des débats n'a été pris au sérieux par les deux camps.

Ils ressemblaient davantage à des chamailleries, chacun essayant de convaincre l'autre qu'il avait raison.

Et c'est dans l'un de ces moments qu'ils se sont rendus compte à quel point l'autre personne comptait pour elle.

La première fois que Joey et Danny s'étaient embrassés, il l'avait rencontrée près de son casier, avait dit quelque chose de drôle qui l'avait fait s'esclaffer, puis avait appuyé ses lèvres contre les siennes.

Elle continua de rire pendant quelques instants avant de se rendre compte de ce qui s'était passé, puis elle lui passa les bras autour du cou et glissa sa langue dans sa bouche.

Joey avait le béguin pour Danny depuis le premier jour où ils s'étaient rencontrés.

Il voulait lui demander de sortir avec elle, mais c'était le lycée et elle était trop timide et inexpérimentée et pensait que devenir amis rendrait les choses plus faciles.

Elle ne savait pas que cela compliquerait la situation.

Danny l'aimait bien avant même qu'elle lui dise bonjour. Il l'avait vue à l'école et il aimait sa manière posée d'être. Il aimait aussi son fard à paupière sombre et le fait qu'elle ait dessiné des étoiles au stylo bleu sur ses baskets.

Mais plus ils devenaient amis, plus il lui était difficile de faire quelque chose.

Et si elle ne s'intéressait pas à lui de cette façon?

Alors quoi ?

Leur amitié survivrait-elle à son béguin ?

Danny avait décidé d'attendre, soit que sa peur s'atténue soit que son courage augmente.

Et puis un moment où elle riait, les cheveux lui tombant sur le visage et les yeux fermés, il s'était lancé.

Il avait déjà essayé de le faire auparavant, mais sa peur l'avait toujours arrêté.

Pas cette fois.

Cette fois, il a juste fait un pas de plus près d'elle et a laissé sa bouche faire le reste.

CHAPITRE TRENTE-CINQ

Lorsque Joey arriva au Nouveau-Mexique, c'était la première fois qu'elle voyait la majesté de la montagne pourpre.

Les collines entouraient la route des deux côtés, s'élevant haut et embrassant presque le ciel incroyablement bleu.

La terre était d'un brun rougeâtre, à la hauteur du soleil couchant, et les paysages lui coupèrent le souffle.

En traversant Albuquerque, elle est tombée amoureuse de l'autoroute couleur saumon et des viaducs bleu turquoise.

Le ciel sans nuages qui permettait au soleil de briller

levait toutes les inquiétudes qu'elle portait. C'était presque comme si elle avait tout laissé dans son passé quelque part à l'est et qu'elle pourrait commencer sa vie ici.

Quand elle arriva à Phoenix et qu'elle vit son premier cactus sanguin dominant le sol du désert avec ses grosses branches rondes atteignant les cieux, elle se gara pour regarder de plus près.

En examinant son fruit délicat et ses épines protectrices, elle décida qu'elle ne serait plus jamais Josephine Rose Reyes.

Son nouveau nom serait Joey Lebold et si elle n'aimait pas la Californie, elle reviendrait en Arizona et y vivrait.

Le bébé donna un coup de pied et elle plaça sa main sur son ventre tout en annonçant ses plans à voix haute afin qu'elle entende.

Cela a semblé l'apaiser, car les coups de pied ont cessé et elle s'est agencée de sorte qu'elle presse moins fort l'œsophage de Joey, lui donnant des brûlures d'estomac.

Si seulement Danny était là, pensa-t-elle en essuyant

une larme. Elle ne pouvait pas trop penser à lui car c'était ce qui provoquait ses sanglots.

MALHEUREUSEMENT, les larmes ne sont pas seulement dues aux hormones. Danny aurait dû être là. Ils étaient censés faire ce voyage et commencer leur vie ensemble.

Et s'il n'y avait pas eu cet accident, ils seraient réunis en ce moment.

Quand ils ont découvert qu'elle était enceinte, ils étaient terrifiés. Ils avaient utilisé une protection, mais une fois, le préservatif avait craqué et elle ne pouvait pas obtenir la pilule du lendemain sans ordonnance ni obtenir une ordonnance sans consulter un médecin.

Elle ne pouvait pas aller chez le médecin sans que ses parents le découvrent.

Alors, ils ont juste prié pour que tout se passe bien.

Bien sûr, ça n'a pas été le cas.

Et après ?

Elle ne savait pas quoi faire ni même ce qu'elle voulait faire.

Danny était aussi effrayé qu'elle, alors ils firent ce que font souvent les adolescents, ils attendirent que le problème disparaisse.

Seulement, il n'est pas parti.

Son ventre continuait de grossir et après un moment, la décision fut prise pour eux.

C'est alors que Danny la demanda en mariage.

Elle lui répondit oui et il lui passa la bague au doigt.

C'était avant qu'ils l'aient dit à sa mère qui les a chassés tous les deux de la maison. C'était avant qu'ils l'aient dit à ses parents qui l'ont obligée à retirer la bague de son doigt, ont contacté leur médecin de famille pour une visite d'urgence à la maison et ont expulsé Danny de la maison.

Ses parents ont insisté pour un avortement et lui ont interdit de revoir Danny.

Sa mère lui a dit qu'elle n'avait pas travaillé toute sa vie pour une gamine qui ficherait tout son avenir en l'air.

Elle a dit que le seul moyen de lui permettre de rentrer chez elle était de le faire adopter et de ne jamais voir le bébé.

C'est à ce moment-là que Danny et Joey ont élaboré leurs propres plans.

Ils allaient s'enfuir ensemble.

Ils allaient se marier à Vegas et commenceraient leur vie loin de leurs parents terribles qui ne comprenaient rien ni à l'amour ni à la famille.

Ils allaient s'éclipser au milieu de la nuit et conduire la voiture de Danny pendant des heures dans le but de s'éloigner le plus loin possible de ce lieu.

Mais lorsque Joey a attendu sur le trottoir avec ses sacs, Danny n'est pas venu.

Elle a attendu pendant des heures et a finalement appelé sa maison vers huit heures du matin.

Sa mère est venue la chercher.

Elle sanglotait et Joey pouvait à peine comprendre ce qu'elle racontait.

Plus tard dans la matinée, elle apprit que Danny était mort.

Il était décédé plus tôt dans la nuit dans un accident de voiture lorsque quelqu'un l'avait arrêté et l'avait poussé dans la circulation.

Plus tard, après les funérailles, un policier a pris Joey à part et, après quelques questions, a révélé que Danny avait deux valises avec tout ce qu'il possédait.

Il ne l'avait pas abandonnée.

Il était mort avant de s'enfuir avec elle.

C'est alors que Joey a pris la décision de ne pas l'abandonner non plus.

Deux semaines plus tard, elle mis leur plan à exécution et trois semaines après, elle vu le panneau lui souhaitant la bienvenue en Californie.

NICHOLAS

APRÈS...

JE SORS DE L'HÔTEL TEL UN HOMME BRISÉ.

Je voulais plus de temps pour expliquer, mais au fond, ce que je voulais vraiment, c'était plus de temps pour la convaincre que je ne la trahissais pas.

Mais plus de temps lui ferait-il comprendre ?

De quoi est-ce que j'essaie de la convaincre ?

Que curieusement, je n'ai rencontré aucun agent du FBI et je n'ai pas balancé son frère ?

Que nous n'avons pas volé ce tableau pour m'aider *moi*, mais *nous* ?

Je lui ai dit trop de mensonges.

Ils m'ont finalement rattrapé et parce que je ne lui ai jamais dit que je l'aimais, elle ne saura jamais la vérité.

Je monte dans ma voiture et commence à conduire.

Je ne sais pas où, mais ça fait du bien de s'en aller.

Outre Olive, je n'ai besoin de rien d'autre ici.

Je peux me faire livrer mes faux papiers où que je sois.

Personne n'est encore à ma recherche et j'ai un peu de temps.

J'ai peut-être trop de temps et trop d'options.

Je regarde les lignes blanches abrégées entre les voies disparaître sous ma voiture.

Le monde devient flou, mais je continue à conduire.

Où vais-je maintenant ?

Où vais-je ?

Nous reverrons-nous jamais ?

Merci d'avoir lu Dis-moi de Fuir !

J'espère que vous avez aimé l'histoire de Nicholas et Olive. Pressé de connaître la suite ?

1-Click Dis-moi de Lutter tout de suite !

Je suis un homme qui prend ce qu'il veut.

Ce que je veux ? Elle.

Olive Kernes avait une dette envers moi et elle pensait qu'elle l'avait remboursée.

Mais maintenant, je veux plus.

Je veux plus que son temps.

Je veux plus que son corps.

Sa nouvelle vie nous a déchirés.

Maintenant, c'est à moi de réparer les choses.

Je rapprocherai les morceaux de notre amour si c'est la dernière chose que je fais.

Mais puis-je le faire à temps ?

Plongez dans le dangereux cinquième livre de la nouvelle et addictive série TELL ME de l'auteur à succès Charlotte Byrd.

1-Click Dis-moi de Lutter tout de suite !

Inscris-toi à ma Newsletter pour être prévenu de la sortie de nouveaux livres !

Tu peux aussi t'inscrire à mon groupe Facebook,

Charlotte Byrd's Reader Club, pour des cadeaux exclusifs et des extraits de futurs livres.

J'apprécie énormément votre soutien et de vous voir partager mes livres avec vos amis. Les commentaires aident beaucoup de nouveaux de lecteurs à trouver mes livres ! Laisse-moi une critique sur ton site préféré.

INSCRIS-TOI À MA NEWSLETTER !

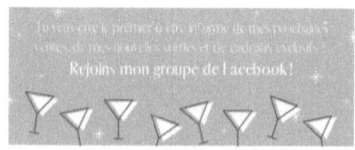

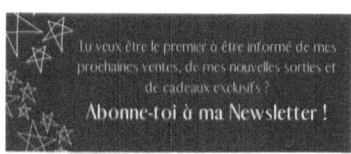

À PROPOS DE CHARLOTTE BYRD

Charlotte Byrd est une auteure de best-sellers de romans contemporains. Elle vit en Californie du Sud avec son mari, son fils et un berger australien plein d'énergie. Elle adore les livres, le beau temps et les grandes eaux bleues.

Contactez-la ici : charlotte@charlotte-byrd.com

Trouvez ses autres livres ici : www.charlotte-byrd.com

Suivez-la ici : www.facebook.com/charlottebyrdbooks

Instagram : www.instagram.com/charlottebyrdbooks

Twitter : www.twitter.com/ByrdAuthor

Groupe Facebook : Charlotte Byrd's Reader Club

Tu veux être le premier à être informé de mes prochaines ventes, de mes nouvelles sorties et de cadeaux exclusifs ?

Abonne-toi à ma **Newsletter** et rejoins mon **Club de Lecteur** !

Tous les livres sont disponibles chez TOUS les grands distributeurs !

Si tu n'arrives pas à les trouver, s'il te plaît, envoie-moi un e-mail à l'adresse charlotte@charlotte-byrd.com

Série Soirée interdite

Soirée interdite

Règles interdites

Liens interdits

Contrat interdit

Limites interdites

La trilogie de La maison de York

La maison de York

La couronne de York

Le trône de York

Série Emmêlée Dans La Glace

Emmêlée Dans La Glace

Emmêlée Dans La Douleur

Emmêlée Dans La Dentelle

Emmêlée Dans La Haine

Emmêlée Dans l'Amour

Série Dis-moi d'Arrêter

Dis-moi d'Arrêter

Dis-moi de Partir

Dis-moi de Rester

Dis-moi de Fuit

Dis-moi de Lutter

Dis-moi de Mentir